# 山之音

川端康成 文集5

# 導讀

《山之音》不僅是川端的傑作，也是位於戰後日本文學巔峰的作品，而且從開始發表起，許多文學評論家認為《山之音》的地位應該在《雪國》之上；近年來國際上在重新評估川端時，最為受到肯定的也是《山之音》，最為瞭解川端的三島由紀夫對於《山之音》、〈反橋連作〉、〈禽獸〉三項作品，認為是川端作品中最好的，因為與日本的中古文學血脈相連，尤其是《山之音》，對於川端在《山之音》的創作技術以及世界認識方面近乎遲鈍的無所拘泥，完全不認為是問題，反而認為因為此種姿態，所以才能寫出鬼氣橫生，讓冰冰涼涼的虛無與引人入勝的美結合，而且三島還曾面對川端表示「您雖然一直說是厭世主義，但是整個人生完全是不戰而勝，就某種意義而言，其實是樂天主義呢！」

戰後川端作品可以說以老人為主題的比比皆是，《山之音》、《名人》、《睡美人》、《湖》、《古都》、〈向日葵〉、〈隅田川〉等，出發點有不少被認為是因為老去之中、因為接近死亡而對於一些喪失的人生的出發點的執著，像《山之音》中是因為對於後來成為妻子的女人的姊姊的失戀，因此演變成對於兒媳的執著的偏愛；其他如《湖》則為在社會上獲得成功的老人有田，雖然在二位妾的身上追求母親與娼婦的身影，但是終未能獲得滿足；《睡美人》是在哲學上探討老人與性的主題，也有從現代的老人的援助交際來的觀點來處理的；然後《古都》女主角的父親佐田太吉郎是等於現在遭到社會或是會社淘汰的悲哀老人；〈隅田川〉是川端發表的最後作品，主角行平在接受廣播的訪問時表示要與年輕女孩殉情自殺等等，不僅是老人，而且主要是關於老人的性鬱悶問題，尤其是老人在喪失性能力之後，性慾以及情色的想像力反而有增無減，因此其實都是很積極的老人。

《山之音》和《雪國》、《千羽鶴》同樣是一篇一篇獨立發表的短篇，然後再連結為長篇，這是遷就雜誌的刊載系統，但是另一方面川端以自己的資質，利用此種惡劣的條件將之經營成篇篇細緻的作品，像是連作的畫卷般，最後單行本化時，又與最初的作品有許多不同，如文體變成改行很多，以及家的解體等，然後此一作品也常被拿來與《千羽鶴》並列，認為是抑制及流露生理幻想之互補關係的兩篇重要小說。

《山之音》描述六十二歲的尾形信吾、妻子保子，與至今因戰爭傷痛而受苦的兒子修一以及兒媳婦菊子一起住在鎌倉，信吾因在七月底的某個夜晚聽到比地鳴擁有更深底力的山鳴聲音，覺得這是來預告自己的死亡，感到十分恐怖，自己過去曾在自己所愛慕的保子的姊姊死前聽過一次，而且自己在還曆的六十歲時咯血，不時感受到自己的老化；朋友的訃聞相繼傳來，修一因為老不振作而一直溺在戰爭寡婦絹子懷裡，然後長女房子帶著孩子退回娘家住，信吾身為家長全是頭痛種子；另一方面自己對於保子姊姊的愛戀依然深藏著，此一情思逐漸投射在菊子身上，為了修一與絹子的關係受折磨墮胎的菊子也因為公公的體貼，內心感到一絲溫暖，信吾即使憐惜菊子的無垢而斥責修一，但是也無法否定自己是將菊子當作女人而為其所魅，所以提議分居。某個秋日，信吾在一家到齊的餐桌上提案一起去故鄉的信州賞紅葉，這等於是尾形家的人再生的一次重要會議。

《山之音》最初如前所述是單篇發表，後來在一九五四年四月時得到第七屆野間文藝獎，現在此書有英、法、義、俄、韓等各國語文的譯本；此外，《山之音》在一九五四年由導演成瀨巳喜男拍成電影，山村聰、原節子、上原謙等主演，這次的改拍，川端本人也喜歡，認為氣氛表現不錯，這或許是因為原作與作品幾乎同時製作，因此很自然拍出戰後鎌倉的氣氛，不過因為電影是在同年四月、最後一章發表前便已經拍攝，因此結局是菊子在冬天的新宿御苑告訴信吾自己與修一分手，變成與原著的結局不同；然後一九九五年時導演橫山博人也曾將

《睡美人》與《山之音》兩者融合，拍成「睡美人」，這或許是因為兩者都是充滿妖界魔力的作品吧！夢在《山之音》中占有相當的重要性，因此也有人從時間以及空間來分析櫻花的形象或是夢的象徵性等，信吾的夢，就古典精神分析而言都是一種性的夢想，夢中年輕女人頻頻出現，對夢中女人的執著，也是信吾對於菊子感情潛意識的浮現，夢終究會留下失落，因為夢中女人是誰是很曖昧的，山的鳴聲本身如果如信吾所形容的是有魔鬼出現，那更是夢的領域。

有關《山之音》的研究非常多，甚至有好幾冊的專書，有將比重放在「老」此一主題上的，像從一開始便不斷讚揚《山之音》的山本健吉認為「我較喜歡從細微的事物而遭告知死期的老年心境的此一作品，如此凝視孤獨深淵的作品，像是能窺見一位有良心作家的淒涼靈魂，甚至令人感到恐怖」；此外《山之音》中也大加論及記憶以及忘記的老人問題；山的鳴聲也與家的崩潰有關，襲擊信吾個人的是「死」，但是同時也襲擊了家，信吾在自己的死之中無意識地感到尾形家的死。

因此「家」也是重要的主題，像信吾與妻子之間淡淡而清楚的溝通等狀況，是很典型的一個日本家庭，而且是大家庭，其中不僅有夫婦關係，還有親子、姊弟、公婆媳婦等各種錯綜複雜的關係，在各種關係中最被擴大的是信吾與菊子的公公與兒媳的關係；最後家不得不解體，也是舊日本的一種輓歌，川端以終戰為界限，勾畫在新舊道德倫理漩渦中一般人的混沌；另一方面，信吾承擔了敗戰國家長的悲哀，小說中展現日本戰後的各種面相，而信吾父子最重要的差別區別是有無戰場體驗，修一身上有復員兵士所常見的、無法滿足的不安與虛無感，因此無法坦率地接受美麗無垢的菊子——這樣的描寫，是川端對於時代的一種敏感表現，但是也有評論家反過來認為，川端因為是站得遠遠地來眺望戰爭，因此也有欠缺現實感之處；但是另一方面其實也是作家放棄了自己個人的命運而承認與國家成為「命運共同體」，是能探討象徵美學與時代現實性之間關係的作品。

信吾與菊子的亂倫情感結構，是如《千羽鶴》等所常見的川端文學特有的情色，對於血緣夢幻的歪曲，也是《山之音》研究的重要主題，雖然信吾與菊子就像《古都》中的佐田與千重子般沒有血緣關係，但卻是不可能結合的一對，沒有直接血緣的、疑似父女的相互吸引、交心，亦即「近親相姦」也是川端作品的一個重要主題，從此處出發而對虛實感受格外深，主角想捕捉「實」，但是卻不過得到「虛」。

戰時日本各地遭轟炸而化為廢墟，川端因為相信美恆久不滅的感動，因此對於古董美術的愛玩之情升高，燃生在作品中將自己對於古董美術的感動昇華之意，像在〈反橋〉之中，作品中便有相當多古董美術品出現，主角充滿「侮辱、惡逆以及傷枯的人生」便反映在古董美術品上，《名人》觀戰記者的名字叫作浦上秋男，便是自己對於畫家浦上玉堂的仰慕深化，他蒐集有浦上的〈凍雲篩雪圖〉等，但是將古董美術與作品完全結合，在《山之音》中更是發揮得淋漓盡致，像從琳派宗師光琳的〈菊圖屏風〉以及〈柳楓白鷺四季圖〉來膨脹自己愛戀的菊子以及保子之姊的形象、將自己繼承琳派之美的意向寄託在主角的名字上；此外作品中也含有相當豐富的日本古典能樂的謠曲因素，川端對日本美的執著，《山之音》是一個典型。

——劉黎兒

目錄
contents

# 山之音

I

尾形信吾緊蹙雙眉，微微張著嘴，似乎在思考什麼。別人看來，或許覺得他不是在想，而是在悲傷。

兒子修一發現了，卻習以為常，毫不以為意。

兒子理解得準確：父親不是在思考，而是在回憶什麼。

父親用右手摘下帽子，放在膝上。修一默默將帽子拿來，放到電車的行李架上。

「嗯，喏……」

這時，信吾有難點以啟齒，

「前些日子回去的女傭叫什麼來著？」

「您是說加代吧。」

「對，是加代。她是什麼時候回去的？」

「上星期；四、五天前啦。」

「是五天前嗎？她五天前請假回家，現在竟連她的容貌、衣著都記不清了。真煩人啊。」

修一想，父親多少有點誇張哩。

「提起加代，就是在她回去的兩、三天前吧，我出去散步。剛穿上木屐、嘟噥了一句：大概是有腳氣囉。加代卻說『是磨傷的吧』。她說得很雅，我很欽佩。上回我散步，木屐帶磨破了皮膚，她說『磨破』，我以為她是在『磨傷』這詞的前邊加了敬語呢，聽起來很悅耳，我很欽佩。可是，現在我發覺她是說木屐帶磨破了皮膚，而不是『磨傷』這個詞的前邊加敬語。沒什麼值得欽佩的。加代說話的重音很怪。現在我突然覺得自己是被她的重音給騙了。」信吾說。

「你說個加敬語的『磨傷』給我聽聽。」

「磨傷。」

「木屐帶磨破皮膚呢？」

「磨破。」

「瞧！還是我的想法對了嘛。加代的重音錯了。」

信吾不是東京人，對東京話的重音沒有把握。而修一是在東京長大的。

「我還以為她說磨傷加上敬語，聽起來很悅耳。她送我出大門，就跪坐在那裏。現在我突然覺得她是說木屐帶磨破，而不是磨傷加了敬語。我不由得這麼想。可我想不起加代的名字，她的容貌、衣著，也記不清了。加代在咱們家也待了半年吧。」

「是的。」

修一習慣了，對父親一點也不表示同情。

信吾自己也習慣了，但還是有點恐懼，無論怎樣回憶，加代的形象還是沒有清晰地浮現出來。腦子裏如此空蕩蕩，不免有點焦躁，湧上幾分感傷，有時反而令心情變得平靜。

此時也是如此。信吾想像著加代跪坐在大門口、雙手著地施禮的形象。

當時她還稍微探出身子說：「是磨傷的吧？」

女傭加代待了半年，信吾才好不容易憶起她在大門口送行時的這副形象。一想到這裏，信吾似乎感到自己的人生已在逐漸消逝。

## II

妻子保子比信吾大一歲，已經六十三了。

他們育有一男一女。長女房子生了兩個女兒。

保子顯得比較年輕，不像比丈夫大。這倒不是說信吾已經怎麼老了，而是一般來說，妻子總該比丈夫小，所以自然而然就有這種感覺了。這跟她個子雖矮卻結實、健康有關吧。

保子長得並不美，年輕時當然顯得比信吾年長，於是不願意和信吾一道外出。從什麼時候起，人們才自然而然地按一般常識、以夫大妻小來看待他們的？信吾想來想去，也弄不清楚。估計是五十五歲以後。按說女方老得快，然而事實卻相反。

信吾在去年花甲之年，吐了一點血。可能是從肺部咯出來的，可他不肯接受大夫的仔細診察，也沒好好療養，後來倒也沒出什麼毛病。

他的身體並沒有因此而衰老。毋寧說皮膚反而變得光澤潤滑了。躺了半個月，從眼睛和嘴唇的氣色來看，彷彿還返老還童。

以往信吾沒有患結核的自覺症狀。六十歲第一次咯血，總覺得有點淒愴，於是不太願意讓大夫診察。修一認為這是老人的固執，信吾卻不以為然。

保子或許是很健康吧，睡得很好。信吾想過：半夜裏自己大概是被保子的鼾聲吵醒的。保子自十五、六歲起就有打鼾的毛病，據說她的父母為矯正她這個毛病，煞費苦心。她婚後便不再打鼾，可是過五十歲又復發了。

信吾心情好的時候，就捏住保子的鼻子搖晃。鼾聲還不停息，便抓住她的喉部搖動。而心情不好的時候，就感到長年伴隨自己的她已經老醜了。

今晚信吾心情不好，他擰亮電燈，眄了一眼保子的臉，抓住保子的喉部搖動，微微滲出了一點汗。

妻子停止打鼾了，乾脆伸手摸摸她的身體？信吾這麼一想，不由心頭掠過一陣莫名的哀傷。

他拿起枕邊的雜誌。天氣悶熱，他又起身打開扇木板套窗，蹲在那裏。

這是一個月夜。

菊子的連衣裙掛在木板套窗外面，現出一片令人討厭的灰白色。信吾凝望著它，心想：大概是忘了收進來吧，也可能是有意讓夜露打掉上面的汗味兒？

「知了，知了，知了。」庭院裏傳來蟲鳴聲。那是左邊那棵櫻樹上的蟬鳴。信吾有點疑惑：蟬會發出這樣可怕的聲音嗎？確實是蟬啊！

有時蟬也害怕做噩夢嗎？

蟬飛了進來，落在蚊帳下緣。

信吾抓住蟬，蟬沒有鳴叫。

「是隻啞蟬！」信吾嘟噥了一句。不是那隻會叫的蟬。

為了不讓蟬再誤認亮光飛進來，信吾使勁將蟬扔到左側那棵櫻樹的高處，但沒見到反應。

信吾抓住木板套窗，探出身子望了望那棵櫻樹，不知蟬是不是已經落在櫻樹上了。月夜已深，讓人感到其深邃一直伸向側面的遠方。

再過十天就是八月了，蟲仍在鳴叫。

彷彿還聽見夜露從樹葉上滴落在另一些樹葉上的滴答聲。

於是，信吾驀地聽見了山音。

沒有風，月光晶瑩，近於滿月。在夜間潮濕的冷空氣籠罩下，山丘上樹林子的輪廓變得朦朧，卻沒有在風中搖曳。

信吾所在的走廊下面，羊齒葉也紋絲不動。

夜間，在鐮倉的所謂山澗深處，有時會聽見波濤聲。信吾疑是海浪聲，其實是山音。

它很像遠處的風聲，但有一種地聲般深沉的底力。信吾以為是耳鳴，搖了搖頭。

聲音停息。

聲音停息之後，信吾陷入了恐懼中。莫非這預示著死期將至？信吾不寒而慄。

信吾本想冷靜地確認一下是風聲？濤聲？還是耳鳴？可又覺得怎麼會有這些

聲音呢。然而，他確實聽見了山音。

恍如魔鬼鳴山而過。

夜色充滿潮氣。一道陡峭的斜坡前彷彿立著一堵黑魆魆的牆。其實，那山不過是信吾家在庭院裏修築的小山，牆就恍如切開兩半的蛋立在那兒。

牆的旁邊和後面都有小山，鳴聲則似乎來自信吾家的後山。

透過山頂林木的間隙，可以望見幾顆星星。

信吾將木板套窗關上，同時想起一件怪事。

大約十天前，信吾在新建的酒館裏等候客人。客人沒來，卻來了一個藝妓，後來又來了一、兩個。

「把領帶解下來吧，怪悶熱的。」藝妓說。

「嗯。」

信吾聽任藝妓解領帶。

他們並不相識。藝妓將領帶塞進信吾放在壁龕邊上的大衣兜裏，然後談起她的身世來。

據說兩個多月前，藝妓和修建這家酒館的木匠險些雙雙殉情。當他們要咽氰化鉀時，藝妓懷疑那分量能否順利致死。

「那木匠說：沒錯，這是致死量，這一份份包好就足以證明分量都裝足了。」

可她不相信。一旦起了疑心，就愈想愈可疑。

「是誰給裝的？人家會不會為了懲罰、而在分量上動手腳呢？我追問他這是哪兒的醫生或藥房給的？他不肯回答。你說奇怪吧，打算一道殉死的，卻不肯講出來。真不明白。」

「妳是在說單口相聲吧？」信吾想這麼說卻沒說出來。

藝妓堅持要請人鑒定藥的分量之後再去殉情。

「我就這樣把它帶到這兒來啦。」

信吾心想：這真是件怪事。他耳朵裏僅僅留下「修建這家酒館的木匠」這句話。

藝妓從紙盒裏掏出藥包，打開讓信吾瞧了瞧。

信吾瞧了一眼，「唔」地應了一聲。那究竟是不是氰化鉀，他不得而知。

信吾關著木板套窗，想起了那位藝妓。

信吾鑽進被窩，但不能把六十三歲的妻子喚醒，述說自己聽到山音所引起的那種恐懼感。

III

修一與信吾同在一間公司，他還擔任協助父親記憶的角色。

保子自不消說，連修一的媳婦也充當著信吾的助憶員呢。這三個人都在做協助信吾記憶的工作。

在公司裏，信吾辦公室的女職員也在幫助信吾記憶。

修一走進信吾的辦公室，就在犄角的小書架上抽出一本書，翻閱起來。

「哎呀，哎呀。」修一到女職員的桌旁，讓她看翻開的一頁。

「什麼事？」信吾微笑著說。

修一手捧了書過來。書上這樣寫道：

……這裏沒喪失貞操觀念。男人忍受不了持續愛一個女人的痛苦，女人也忍受不了愛一個男人的苦楚，為了雙方都愉快地、更持久地愛慕對方，作為手段，彼此可以尋找情人的男女。就是說，這是一種鞏固相愛的方法……

「書上所說的這裏，是指哪裏？」信吾問道。

「指巴黎呀。這是一篇小說家的歐洲紀行。」

信吾的腦袋，對警句或譬論早已反應遲鈍了。不過，他倒覺得，這不是警句，也不是譬論，而像是很出色的洞察。

信吾發現修一並非對這段話有所感受，無疑是示意下班後要帶女職員趕快外出。

從鎌倉站下車後，信吾心想：要是跟修一約好回家時間，或是比修一晚些回家就好了。

從東京回家的人絡繹不絕，公共汽車也十分擁擠，信吾就步行了。

來到一家魚鋪前，信吾駐足瞧了瞧。老闆招呼了一聲，他便走進店堂。只見裝著大蝦的木桶裏，水灰濛濛地沉澱著。信吾用手指觸了觸龍蝦。大概是活的，可牠卻紋絲不動。海螺大量上市，他於是決定買海螺。

「要幾個？」老闆問。信吾遲疑了片刻。

「是啊，三個，要大的。」

「給您收拾一下吧。好哩。」

老闆和兒子將刀尖插進海螺殼裏，將螺肉剜了出來，刀尖碰在貝殼上發出的嘎吱聲，信吾覺得有點討厭。

他們在水龍頭處沖洗過後，很快地切開。這時候，店鋪前來了兩個姑娘。

「買點什麼嗎？」老闆邊切海螺邊問道。

「買竹筴魚。」

「幾條？」

「一條。」

「一條？」

「嗯。」

「一條？」

這是稍大一點的小竹莢魚。姑娘對老闆這種露骨的態度似乎不怎麼介意。

老闆用紙片把竹莢魚包好，遞給了姑娘。

她身後的另一個姑娘，從後面捅了一下前邊姑娘的胳膊肘，說：

「本來不是要魚嘛。」

前邊的姑娘把竹莢魚接過來後，又瞧著龍蝦。

「到星期六還有龍蝦賣吧？我那位喜歡吃蝦。」

後邊的姑娘什麼也沒說。

信吾嚇了一跳，偷偷瞧了姑娘一眼。

她們是新近下海的娼妓。整個背部露了出來，腳上蹬著布涼鞋，身軀很是健美。

魚店老闆將切細的海螺肉扒到案板正中，把它分成三份，分別塞進三隻貝殼裏，啐了一口似的說：

「那種人，鎌倉也多起來啦。」

對魚店老闆這種口氣，信吾深感意外。

「不過，滿一本正經的嘛。令人佩服呀。」信吾彷彿在否定什麼。

老闆隨便地將螺肉塞進貝殼裏。信吾卻奇怪地注意到一些細枝末節的問題，心想：三隻海螺肉都絞在一起了，各自都不能還原到自己原來的貝殼裏了吧。

今天是星期四，距星期六還有三天。信吾在想：最近魚店經常有龍蝦上市。那野姑娘將怎樣烹調這隻龍蝦給外國客人吃呢？龍蝦無論煮、燒、蒸，隨便烹調，都能成為佳肴。

信吾對那姑娘的確抱著好意，但過後他自己內心不由地感到無限寂寞。

信吾一家四口，卻只買了三隻海螺。因為他知道修一不回家吃晚飯，他並沒有明顯表露出對兒媳菊子的顧忌。魚店老闆詢問買幾隻時，他無意中竟把修一除去了。

信吾途中路過菜店，又買了白果帶回家裏。

## IV

信吾破例買魚帶回家裏，可保子和菊子都沒有露出驚訝的神色。或許是因為沒看見理應一起回家的修一，兩人試圖掩飾吧。信吾將海螺和白果遞給菊子，爾後隨菊子走進了廚房。

「給我一杯白糖水。」

「嗯。這就給您端去。」菊子說。信吾自己擰開了水龍頭。

水槽裏放著龍蝦和大蝦。信吾覺得這完全符合自己的想法。在魚鋪裏，他是想過要買些蝦的。然而，最終還是想不起要買這兩種蝦。

信吾望著大蝦的顏色說：

「這是好蝦喲！」真是很有光澤哩，太好了。

菊子一邊用刀背敲開白果，一邊說：

「您特地買這些白果回來，可都不能吃呀。」

「是嗎？大概是過了季節。」

「給菜店掛個電話，就這樣說吧。」

「行啊。不過，大蝦和海螺是一類東西，真是多餘呀。」

「瞧我露一手江之島茶店的手藝吧。」菊子伸了伸舌頭說，

「我來烤海螺、燒龍蝦、炸大蝦。我出去買點蘑菇回來。爸爸，您能幫我到院子裏摘點茄子嗎？」

「嗯。」

「要小的。還要摘些嫩紫蘇葉。哦，對了，只炸大蝦可以嗎？」

晚餐桌上，菊子端出了兩份烤海螺。

信吾有點迷惑不解地說：

「還有一份海螺吧？」

「唷，爺爺、奶奶牙齒不好，我想讓二老好好吃上一頓呀。」菊子說。

「什麼……別說這可憐話啦。家裏沒有孫子，哪來的爺爺。」

保子低下頭，吃吃地笑了。

「對不起。」菊子說著輕輕地站起身，又端來另一份烤海螺。

「本來嘛，按菊子說的，咱們倆好好吃上一頓，不是挺好的嗎，可你……」

保子說。

信吾覺得菊子的話是隨機應變，內心不勝欽佩。這樣一來，就不必拘泥海螺是三份還是四份，因而得到解脫了。她天真地說了說，就出色地處理了這難題，真是有兩下子。

或許菊子也想過：自己不吃了，留一份給修一；或者自己和婆婆兩人吃一份。

但是，保子沒有領略信吾的意圖。

「只有三份海螺嗎？家裏四口人，卻只買三份。」她竟糊裏糊塗地又重問了一遍。

「修一不回家，不需要嘛。」

保子苦笑了。也許是年齡的關係，看不出是苦笑。

菊子臉上沒有一絲陰影，她也不問一聲修一上哪兒去了。

菊子兄弟姊妹八人，她排行末尾。

她的七個兄姊都已經結婚，孩子很多。有時信吾想到菊子的父母那旺盛的繁殖能力。

菊子常常發牢騷說：公公直到現在還沒能把菊子兄姊的名字記住。眾多的外甥和侄子和名字就更記不清了。

菊子的雙親一心不想再生菊子。他們原以為不會再生育了，誰知母親懷孕後，覺得這把年紀還懷孕真丟人，甚至詛咒自己的身子，還試過墮胎，卻失敗了。菊子是難產，用夾子夾住額顱拽出來的。

這是菊子從母親那裏聽說的，她也這樣告訴了信吾。

信吾無法理解，作母親的為什麼要將這種事告訴孩子，菊子又為什麼要告訴公公。

菊子用手掌按住劉海，讓信吾看她額上隱約可見的傷痕。

從那以後，有時信吾一看到菊子額上的傷痕，就突然間覺得菊子很可愛。

菊子不愧是么女。與其說她受到嬌寵，莫如說她逗人喜愛。她也有軟弱的一面。

菊子剛嫁過來的時候，信吾發現菊子沒有聳動肩膀卻有一種動的美感。他明顯地感到一種新的媚態。

信吾常常從身材苗條、膚色潔白的菊子聯想到保子的姊姊。

少年時代，信吾曾愛慕保子的姊姊。姊姊死後，保子就到她姊姊的婆家去幫忙，照料姊姊的遺孤。她忘我地工作。保子希望當姊夫的填房。保子固然喜歡姊夫這位美男子，但她也還是因為愛慕著姊姊。姊姊是個美人，甚至令人難以相信她們是同胞姊妹。保子覺得姊姊、姊夫是理想之國的人。

保子心愛姊夫也心愛姊姊的遺孤。姊夫卻視而不見保子的這片真心。他終日在外吃喝玩樂。保子似乎甘心情願犧牲自己，終身為他們服務。

吾明知這種情況，也還是與保子結了婚。

三十餘年後的今天，信吾並不認為自己的婚姻是錯誤的。漫長的婚後生活，不一定非受起點的支配。

然而，保子姊姊的面影，總是縈回在兩人的內心底。儘管信吾和保子都不談論姊姊的事，卻也忘不了。

兒媳婦菊子過門之後，彷彿給信吾的回憶帶來一束閃電般的光明。這並不是怎麼嚴重的病態。

修一和菊子結婚不到兩年，就已經另有新歡。這使信吾大感震驚。

信吾是農家子弟，修一與信吾的青年時代不同，壓根兒就不為情欲和戀愛而苦惱。從來就不曾見過他有什麼苦悶。修一什麼時候初次與女性發生關係，信吾也難以推測。

信吾盯視著修一。揣想著現在修一的女人準是個藝妓，要不就是妓女型的女人。

信吾猜想：修一帶公司女職員外出，說不定是為了跳跳舞？或是為了遮掩父親的耳目。

不知怎的，信吾從菊子身上感到：修一的新歡大概不是這樣一個少女。修一另有新歡之後，與菊子的夫妻生活突然融洽得多。菊子的體形也發生了變化。品嘗烤海螺的那天夜裏，信吾夢中醒來，聽見了不在跟前的菊子的聲音。

信吾覺得，修一另有新歡的事，菊子壓根兒不知道。

「靠一份海螺，來表示父母的歉意嗎？」信吾喃喃自語了一句。

儘管菊子不知道修一另有新歡，可那女人給菊子帶來的影響又是什麼呢？似睡非睡中，覺得天已經亮了。信吾走出去取報紙。月兒還懸在蒼穹。信吾把報紙瀏覽了一遍，就又入睡了。

V

在東京車站站臺上，修一一個箭步登上了電車，先占一個座位，讓隨後上車的信吾坐下，自己站著。

修一把晚報遞給信吾，然後從自己的衣兜裏掏出了信吾的老花眼鏡。信吾也有一副，不過他總是忘記帶，就讓修一帶一副備用。

修一把視線從晚報上移向信吾，彎下腰來說：

「今天，谷崎說他有個小學同學想出來當女傭，將這件事拜託我了。」

「是嗎？雇用谷崎的朋友，不太方便吧？」
「為什麼？」
「也許那女傭會向谷崎打聽你的事，然後告訴菊子吶。」
「真無聊。有什麼可告訴的。」
「唷，瞭解一下女傭的身世總可以吧。」信吾說罷就翻閱起晚報來。
在鎌倉站下了車，修一就開口說道：
「谷崎對爸爸說我什麼啦？」
「什麼也沒有說。她守口如瓶哩。」
「哦？真討厭啊！要是讓爸爸辦公室那個職員知道，以為我怎麼樣，豈不讓爸爸難堪、成為笑柄了嗎？」
「自然囉。不過，你可別讓菊子知道喲。」
信吾心想：難道修一不打算盡量隱瞞？

「谷崎都說了吧？」

「谷崎明知你另有新歡，還跟你去玩嗎？」

「嗯，大概跟吧。一半是出於妒忌吶。」

「真拿你沒辦法。」

「快吹了。我正想和她吹啦。」

「你的話我聽不懂。嘿，這種以後再慢慢跟我說吧。」

「吹了以後再慢慢告訴您吧。」

「好歹別讓菊子知道喲。」

「嗯。不過，說不定菊子已經知道了。」

「是嗎？」

信吾有點不高興，緘口不語了。

回家後，他還是不開心，用過晚飯旋即離席，逕自走進自己的房間裏。

菊子端來了切好的西瓜。

「菊子，妳忘記拿鹽了。」保子隨後跟來。

菊子和保子無意中一起坐到坐廊上。

「老頭子，菊子喊西瓜西瓜的，你沒聽見嗎？」保子說。

「他沒聽見呀，他知道有冰鎮西瓜。」

「菊子，他說他沒聽見吶。」保子朝著菊子說。菊子也向著保子說：

「爸爸好像在生氣吶。」

信吾沉默良久才開腔說：

「近來耳朵有點異樣呢。前些日子，半夜裏我打開那兒的木板套窗乘涼，彷彿聽見山鳴的聲音。老太婆呼嚕呼嚕地睡得可香了。」

保子和菊子都望了望後邊的那座小山。

「您是說山鳴的聲音嗎？」菊子說。

「記得有一回我聽媽媽說過，大姨媽臨終前也曾聽見山鳴。媽媽您說過的吧。」

信吾不由吃了一驚，心想：自己竟把這件事給忘了，真是不可救藥。聽見山音時，怎麼就想不起這件事來呢？

菊子說罷，好像有點擔心，動也不動自己那美麗的肩膀。

蟬翼

I

女兒房子帶著兩個孩子來了。

大的四歲，小的剛過生日，按這間隔計算，往後還會生的吧。信吾終於漫不經心地說：

「還沒懷老三嗎？」

「爸爸您又來了，真討嫌啊。上回您不也這樣說？」

房子立即讓小女兒仰躺下來，一邊解開襁褓一邊說：

「菊子還沒有嗎？」

房子也是漫不經心地脫口而出。菊子望著幼兒出神的臉，驀地沉了下來。

「讓這孩子就這樣躺一會兒吧。」信吾說。

「是國子，不是那孩子呀。不是請外公給起的名字嗎。」

似乎只有信吾覺察到菊子的臉色。但是，信吾也不介意，只顧瞅著從襁褓中解脫的幼兒，覺得那裸露的雙腿動來動去，很是可愛。

「甭管她，看樣子滿快活的。她大概熱壞了吧。」保子說著膝行過去，一邊像搔癢似的從幼兒的下腹直搔到大腿，一邊說：

「妳媽媽跟妳姊姊一起去浴室擦汗囉。」

「手巾呢？」菊子說著站了起來。

「帶來了。」房子說。

看來是打算住上幾天。

房子從包袱裏拿出手巾和替換衣服，大女兒里子繃著臉站在她背後。這孩子來了以後還沒說過一句話。從後面看，里子那頭濃密的黑髮格外醒目。

信吾認得房子裝雜物的包巾，卻只想起那是自家的東西。

房子是揹著國子、牽著里子的手、拎著小包袱，從電車站徒步走來的。信吾覺得她真不簡單啊。
里子是個脾氣倔強的孩子，母親這樣牽著她走，她滿心不高興。母親遇到不順心或困惑的時候，她就愈發磨人。
信吾心想：兒媳菊子注意打扮，保子大概會覺得難堪吧。
房子去浴室，保子撫摸著國子大腿內側呈微紅的地方說：
「我總覺得這孩子比里子長得結實。」
「大概是在父母不和之後才生下來的緣故吧。」信吾說。
「里子生下來之後，父母感情不好，會受影響的。」
「四歲的孩子懂嗎？」
「懂吧。會受影響的。」
「天生是這樣的吧，里子她……」
幼兒冷不防地翻過身來，爬行過去，一把抓住拉門，站起身子。

「來，來。」菊子拓開兩隻胳膊，抓住了幼兒的雙手，扶她走到貼鄰的房間裏。

保子驀地站立起來，撿起房子放在行李旁邊的錢包，瞧了瞧錢包裏。

「喂！幹麼？」

信吾壓低了嗓門，可聲音有點顫抖。

「算了吧！」

「為什麼？」

保子顯得非常沉靜。

「我說算了就算了。妳這是幹什麼嘛。」

信吾的手指在顫抖。

「我又不是要偷。」

「比偷更惡劣。」

保子將錢包放回原處，一屁股就地坐了下來，說：

「關心女兒的事，有什麼惡劣的。回到家裏來，自己又不能馬上給孩子買點心吃，不好辦嘛。再說，我也想瞭解房子家的情況嘛。」

信吾瞪了保子一眼。

房子從浴室裏折了回來。

保子旋即吩咐似的說：

「喏，房子，剛才我打開妳的錢包看來著，挨妳爸爸責備吶。倘使妳覺得我這樣做不好，那我向妳道歉。」

「有什麼不好的？」

保子把事情告訴了房子，信吾更加厭惡了。

信吾也暗自思忖：或許正像保子所說的，母女之間這樣做算不了什麼，可一生氣就渾身發顫，大概是歲數不饒人，疲憊從積澱的深層冒了上來吧。

房子偷偷瞅了瞅信吾的臉色。也許比起母親看她的錢包來，父親惱火更使她感到吃驚哩。

「隨便看嘛。請呀。」房子用豁出去似的口吻說了一句，輕輕地將錢包扔到母親的膝前。

這又傷了信吾的感情。

保子並不想伸手去拿錢包。

「相原以為我沒錢，就逃不出家門。反正錢包裏也沒裝什麼。」房子說。

扶著菊子走路的國子腿腳一軟，摔倒了。菊子把她抱了起來。

房子從短外套下襬把衣服撩起，給孩子餵奶。

房子長得並不標致，身體卻很健壯。胸形還沒有扁癟下來。乳汁十足，乳房漲得很大。

「星期天，修一還出門？」房子詢問弟弟的事。

她似乎想緩和一下父母間不愉快的情緒。

II

信吾回到自家附近，抬頭仰望著別人家的向日葵花。

一邊仰望一邊走到葵花樹下。向日葵種在門旁，花朵向門口垂下。信吾站在這裏正好妨礙人家的出入。

這戶人家的女孩回來了。她站在信吾背後等著。她不是不能從信吾旁邊擦身走進家門，可女孩認識信吾，也就這樣站著等候了。

信吾發覺了女孩，說：

「葵花真大，長得真好啊。」

女孩靦腆地微微笑了笑。

「只讓它開一朵花。」

「哦，只讓它開一朵花，所以才開得這麼大啊。花開時間很長了吧？」

「嗯。」

「開了幾天？」

十二、三歲的女孩答不上來。她一邊思索一邊望著信吾，爾後又和信吾一起抬頭仰望著葵花。小女孩曬得黝黑，臉蛋豐滿，圓乎乎的，手腳卻很瘦削。

信吾準備讓路給女孩，他望了望對面，前面兩、三家也種了向日葵。那邊的向日葵，一株開了三朵花。那些花只有女孩家一朵的一半大小，長在花莖的頂端。

信吾正要離去，又回頭望了望葵花。這時傳來了菊子的聲音：

「爸爸！」

菊子已經站在信吾的背後。毛豆從菜籃邊緣探出頭來。

「您回來了。觀賞葵花吶。」

信吾覺得與其說觀賞葵花，莫如說沒有同修一一起回家而來到自家附近觀察葵花，更使菊子感到不順心吧。

「多漂亮啊！」信吾說。

「多麼像個偉人的腦袋呀，不是嗎？」

菊子點頭同意是有點像。

偉人的腦袋這句，是剛剛這一瞬間冒出來的。信吾並不是考慮到這一點才去賞花的。

然而，信吾這麼說的時候，他倒是強烈地感受到向日葵花擁有大度而凝重的力量。也感受到花的構造真是秩序井然。

花瓣宛如圓冠的邊飾，圓盤的大部分都是花蕊。花蕊一簇簇滿滿的，圓冠隆起來，花蕊與花蕊之間並無爭妍鬥麗的色彩，而是齊整沉靜，並且洋溢著一股力量。

花朵比人的頭蓋骨還大。信吾可能是面對它秩序井然的重量感，瞬間聯想到人的腦袋吧。

另外，信吾突然覺得這旺盛的、自然生命力的重量感，正是巨大的男性象徵。在這花蕊的圓盤上，雄蕊和雌蕊都在做些什麼，信吾不得而知，卻感到存在一種男性的力量。

夏日夕霧迷茫，傍晚海上風平浪靜。

花蕊圓盤四周的花瓣是黃色，看起來猶如女性。

信吾暗自思忖：莫非是菊子來到身旁，腦海裏才泛起這種怪念頭？他離開向日葵，邁步走了。

「我呀，最近腦子格外糊塗，看見向日葵才想起腦袋的事來。人的腦袋能不能也像葵花那樣清晰呢？剛才我在電車上也在想：能不能光是拿腦袋去清洗或修補呢？說把腦袋砍下來未免荒唐，不過能不能讓腦袋暫時離開軀體、像送要洗的衣物那樣送進大學醫院，說聲麻煩您給洗一下，就放在那裏呢？在醫院清洗腦袋或修補有毛病的地方，這段期間，哪怕是三天、一個禮拜，軀體可以睡個夠，不必翻身，也無需做夢。」

菊子垂下上眼皮，說：

「爸爸，您是累了吧？」

「是啊。今天在公司會客，我只抽了一口香菸就放在菸灰碟裏。接著再點了一根，又放在菸灰碟裏。等意識到的時候，只見三支一樣長的香菸並排冒著煙。實在不好意思啊。」

在電車裏幻想洗腦，這是事實。不過，信吾幻想的，與其說是被洗乾淨的腦袋，莫如說是酣睡的軀體。腦袋已經異處的軀體的睡法，似乎會很舒服。信吾的確是疲倦了。

今天黎明時分，做了兩次夢。兩次夢中都出現死人。

「您沒請避暑假嗎？」菊子說。

「我想請假到上高地去。因為把腦袋摘下，無處寄存，我就想去看看山巒。」

「能去的話，那就太好啦。」菊子帶點輕佻的口吻說。

「哦，不過眼下房子在。房子似乎也是來休息的，不知道房子會覺得我在家好呢，還是不在家好？菊子妳以為怎麼樣？」

「啊，您真是位好爸爸。姊姊真令人羨慕。」

菊子的情緒也有點異樣了。

信吾是想嚇唬一下菊子，還是想分散她的注意力、掩飾自己沒有跟兒子一道回家呢？但雖無意這樣做，其實多少也流露出這種苗頭。

「喂，剛才妳是在挖苦我吧？」

信吾淡漠地說了一句。菊子嚇了一跳。

「房子變成那副模樣，我也不是什麼好爸爸啊。」

菊子不知所措。她臉頰飛起一片紅潮，一直紅到耳根。

「這又不是爸爸的緣故。」

信吾從菊子的語調中，彷彿感受到某種安慰。

III

就是夏天信吾也討厭喝冷飲。原先是保子沒有讓他喝，不知不覺間也就養成了這種習慣。

不論早起，還是從外面歸來，他照例先喝一碗熱粗茶。這點菊子就非常貼心。

賞過葵花之後回到家中，菊子先忙著替信吾沏上一碗粗茶。信吾呷了一半，換了一件單衣，端著茶碗向廊沿走去，邊走又邊呷了一口。

菊子手拿涼手巾和香菸跟著，又往茶碗裏給他斟上熱粗茶。站了一會兒，再給他拿來晚報和老花眼鏡。

信吾用涼手巾擦過臉之後，覺得戴老花眼鏡太麻煩，於是望了望庭院。

庭院裏的草坪都已經荒蕪。院落盡頭的犄角上，一簇簇的胡枝子和狗尾草像野花一樣生長。

胡枝子的那一頭，蝴蝶翩翩飛舞。透過胡枝子的綠葉間隙隱約可見，似是好幾隻蝴蝶在飛舞。信吾一心盼著，蝴蝶或許會飛到胡枝子上，或許會飛到胡枝子旁邊，可牠卻偏偏只在胡枝子叢中飛來飛去。

望著望著，信吾不由覺得胡枝子那一頭彷彿存在一個小小的天地。在胡枝子的綠葉間忽隱忽現的蝴蝶翅膀美極了。

信吾驀地想起了星星：這是先前一個接近滿月的夜晚，透過後邊小山的樹林縫隙可以望見的星星。

保子出來坐在廊沿上，一邊扇團扇，一邊說：
「今天修一也晚回來嗎？」
「嗯。」
信吾把臉轉向庭院。
「胡枝子那頭，有蝴蝶在飛吧；看見了嗎？」
「嗯。看見了。」
但是，蝴蝶不想被保子發現似的，這時都飛到了胡枝子上方。總共三隻。
「竟有三隻吶。是鳳蝶啊。」信吾說。
以鳳蝶來說，這是小鳳蝶。這種類，色彩並不鮮豔。
鳳蝶劃出一道斜線飛過木板牆，飛到了鄰居的松樹前。三隻整整齊齊地排成一列縱隊，間隔有致，從松樹中迅速飛上了樹梢。松樹沒有像庭院的樹木那樣加以修整，高高地伸向蒼穹。

過了一會兒，一隻鳳蝶從意料不到的地方低低地飛過庭院，掠過胡枝子上方飛走了。

「今早還沒睡醒，兩次夢見了死人哩。」信吾對保子說。

「辰巳屋的大叔請我吃麵呢。」

「你吃了麵嗎？」

「哦？什麼？不能吃嗎？」

信吾心想：大概有這樣一種說法，夢中吃了死人拿出來的東西，活人也會死。

「我記不得了，他拿出一小籠屜蕎麥麵，可我總覺得自己好像沒吃。」

似乎沒吃就醒過來了。

至今信吾連夢中麵條的顏色、是盛在敷著竹箅子的方屜裏，而方屜外面塗黑、內面塗紅，這一切都記得一清二楚。

究竟是夢中看見了顏色，還是醒來之後才發現顏色？信吾記不清了。總而言之，眼下只有那籠屜蕎麥麵條，記得非常清楚。除此之外，其他都已經模糊了。一小籠屜蕎麥麵放在鋪席上。信吾彷彿就在那前面。辰巳屋大叔及其家屬都是席地而坐，都沒有人墊上坐墊。信吾卻是一直站著，有點奇怪。但他是站著的。只有這點，他朦朦朧朧地記住了。

他從這場夢中驚醒時，就全然記住了這場夢。後來又入睡，今早醒來，記得更加清晰了。不過，到了傍黑，幾乎又忘卻了。只有那一小籠屜蕎麥麵的場景還隱約浮現在腦海中，前後的情節都無影無蹤了。

辰巳屋大叔是個木匠，三、四年前年過七旬才過世。信吾喜歡手工風格古色古香的木匠，曾讓他做過活兒。不過，彼此間的關係尚未親密到他過世三年後仍然夢見他的程度。

夢中出現蕎麥麵的場面，彷彿就是工作間後頭的飯廳。信吾站在工作間與飯廳裏的老人對話，卻沒有登上飯廳。不知為何竟會做蕎麥麵條的夢？

辰巳屋大叔有六個孩子，全是女兒。

信吾夢中曾接觸過一個女孩，可這女孩是否那六個女兒中的一個呢？眼下傍黑時分，信吾已經想不起來了。

他記得的確是接觸過。對方是誰，卻一點兒也不想起來。甚至連一點可供追憶的線索也憶不起來了。

夢初醒時，對方是誰，似乎一清二楚。後來睡了一宿，今早也許還記得對方是誰。可是，一到傍晚，此時此刻已經完全想不起來了。

信吾也想過，接觸那女孩是在夢見辰巳屋大叔之後，所以那女孩也可能是大叔女兒中的一個吧。可是，信吾毫無實感。首先，信吾腦海裏就浮現不出辰巳屋姑娘們的姿影來。

接觸那女孩是在做夢之後，這是千真萬確。和蕎麥麵的出現先後順序如何就不清楚了。現在還記得初醒時，蕎麥麵條在腦海裏的印象是最清晰不過。接觸姑娘的震驚，打破了美夢，這難道不是夢的一般規律嗎？

可話又說回來，並沒有任何刺激將他驚醒。

信吾也沒記住任何情節。連對方的姿影也消逝得無影無蹤，全然想不起來了。眼下他記得的，只是模糊的感覺。身體不適，沒有反應。稀裏糊塗的。

在現實中，信吾也沒有和女性發生過這種關係。她是誰不知道，總之是個女孩。如是看來，實際上恐怕不可能發生吧。

信吾六十二歲了，還做這種猥褻的夢，算是非常罕見。也許談不上猥褻，因為那夢太無聊，信吾醒來也覺得莫名其妙。

做過這場夢後，緊接著又入睡了。不久又做了另一場夢。

相田是個大兵，肥頭胖耳，拎著一升裝的酒壺，上信吾的家裏來。看樣子他已經喝了不少，只見他滿臉通紅，毛孔都已張開，顯出了副醉態。

信吾只記得做過這些夢。夢中的信吾家，是現在的家還是早先的家，也不太清楚。

十年前相田是信吾那家公司的董事。近幾年他一天天消瘦下來。去年年底，腦溢血故去了。

「後來又做了一個夢，這回夢見相田拎著一升裝的酒壺，上咱家裏來。」信吾對保子說。

「相田先生？要說相田先生，是不喝酒的，不是嗎？真奇怪。」

「是啊。相田有氣喘，腦溢血倒下時，一口痰堵住咽喉，就斷氣了。他是不喝酒的。常拎著藥瓶走。」

信吾夢中的相田形象，儼然是一副酒豪的模樣，跨著大步走來。這副形象，清清楚楚地浮現在信吾腦海裏。

「所以，你就相同先生一起喝酒囉？」

「沒喝嘛。他朝我坐的地方走了過來，沒等他坐下，我就醒了。」

「真討厭啊！夢見了兩個死人！」

「是來接我的吧。」信吾說。

到了這把年紀，許多親近的人都死了。夢裏出現故人，或許也很自然。

然而，辰巳屋大叔或相田都不是作為故人出現的。而是作為活人出現在信吾的夢中。

今早夢中的辰巳屋大叔和相田的臉及身影，還歷歷在目。比平日的印象還要清晰許多。相田酒醉而漲紅的臉，實際上並不存在，可連他的毛孔張開都栩栩如生。

對辰巳屋大叔和相田的形象竟記得那麼清楚，而在同樣的夢中接觸到姑娘的姿影，卻已經模糊，連是誰也不知道，這是為什麼呢？

信吾懷疑，是不是由於內疚才忘得一乾二淨？其實也不盡然。倘使真是道德上的自我反省，就不會中途醒來而一直睡下去。信吾只記得有過一陣感覺上的失望。

為什麼夢裡會產生這種感覺上的失望呢？信吾也不覺得奇怪。

這一點，信吾沒有對保子說。

廚房裏傳來菊子和房子準備晚飯的聲響。聲音似乎過高了些。

IV

每晚，蟬都從櫻樹上飛進家裏。

信吾來到庭院，順便走到櫻樹下看看。

蟬飛向四面八方。響起了一陣蟬的撲翅聲。蟬之多，信吾為之一驚。撲翅之聲，他也為之一驚。他感到撲翅聲簡直就像成群的麻雀在展翅飛翔似的。

信吾抬頭仰望大櫻樹，只見蟬還在不斷地騰空飛起。

滿天雲朵向東飄去。天氣預報是：第二百一十天[1]可望平安無事。信吾心想：今晚也許會降溫，出現風雨交加吶。

菊子來了。

「爸爸，您怎麼啦？蟬聲吵得您又想起什麼了？」

「這股吵鬧勁兒，簡直就像發生了什麼事故。一般說，水禽的振翅聲響，可蟬的撲翅聲也使我吃驚哩。」

菊子的手指捏著穿了紅線的針。

「可怕的啼鳴比撲翅聲更加驚人呢。」

「我對啼鳴倒不那麼介意。」

信吾望了望菊子所在的房間。她利用保子早年的長汗衫布料，在給孩子縫製紅衣裳。

「里子還是把蟬當作玩具玩？」信吾問道。

菊子點了點頭，只微微地動了動嘴唇，彷彿「嗯」地應了一聲。

里子家在東京，覺得蟬很稀罕。或許是里子的天性緣故，起初她很害怕秋蟬，房子就用剪子將秋蟬的翅膀剪掉才給她。此後里子只要逮到秋蟬，就對保子或菊子說：請替我把蟬翼剪掉吧！

保子非常討厭做這種事。

保子說，房子當姑娘時沒這麼做過。還說，是她丈夫帶壞她的。

保子看到紅蟻群拖著沒了翅膀的秋蟬，她的臉色倏地刷白了。對於這種事，保子平日是無動於衷的，所以信吾覺著奇怪，有點愕然。

保子之所以如此埋怨，大概是感受了什麼不吉利的預感吧。信吾知道，問題不在蟬上。

里子悶聲不響，很是固執，大人只得讓她幾分，把秋蟬的翅膀剪了。可她還

---

1 原文為「二百十天」，即從立春算起的第二百一十天，這一天常颳颱風。

是糾纏不休，帶著無知的眼神，佯裝悄悄將剛剛剪了翅膀的秋蟬暗藏起來，其實是把秋蟬扔到了庭院裏。她知道大人在注視她。

房子幾乎天天向保子發牢騷，卻沒說什麼時候回去，也許還有什麼重要的事沒說出來吧。

保子鑽進被窩之後，便把當天女兒的抱怨轉告了信吾。信吾度量大，毫不在意，他覺得房子似乎還有什麼話未說盡。

雖說父母應該主動和女兒交談，可女兒早已出嫁，且年近三十，做父母的也不是那麼簡單就能理解女兒。女兒帶著兩個孩子，要挽留她也不是那麼容易，只好聽其自然，就這麼一天天地拖下去。

「爸爸對菊子很和藹，真好啊！」有時房子這麼說道。

吃晚飯時，修一和菊子都在家。

「是啊。就說我吧，我對菊子也不錯嘛。」保子答話。

房子說話的口吻似乎也不需要別人來回答，可保子卻回答了。儘管是帶笑地說，卻像是要壓制房子的話那樣。

「她對我們大家都挺和藹的嘛。」

菊子天真地漲紅了臉。

保子也說得很坦率。不過，她的話彷彿是在影射自己的女兒。聽起來令人覺得她喜歡幸福的兒媳、討厭不幸的女兒。甚至讓人懷疑她是不是有什麼殘忍的惡意。

信吾把它解釋為保子的白我嫌惡。他心中也有類似的情緒。然而，他感到意外的是，保子作為一個女人，一個上了年紀的母親，怎麼竟對可憐的女兒迸發出這種情緒來呢？

「我不同意。她對丈夫偏偏就不和藹。」修一說。不像是開玩笑。

信吾對菊子很慈祥，這一點，不僅修一和保子，就是菊子心裏也很明白，只是誰都沒有掛在嘴上。這卻被房子說出來了，信吾頓覺掉進了寂寞的深淵。

對信吾來說，菊子是這個沉悶家庭的一扇窗。親生骨肉不僅不能使信吾如意，他們本身在這個世界上也不能如意地生活。這樣，親生子女的抑鬱更加壓在信吾的心上。看到年輕的兒媳婦，不免感到如釋重負。

就算對菊子很慈祥，也只是信吾灰暗孤獨情緒中僅有的閃光。這樣原諒自己之後，也就隱約嘗到一絲對菊子和藹的甜頭。

菊子沒有猜到信吾這般年紀的心理，也沒有提防信吾。

信吾感到房子的話像捅了自己內心的秘密。

這件事發生在三、四天前吃晚飯的時候。

在櫻樹下，信吾想起里子玩蟬的事，同時也憶起房子當時說的一些話。

「房子在睡午覺嗎？」

「是啊。她要哄國子睡覺。」菊子盯視著信吾的臉說道。

「里子真有意思，房子哄小妹睡覺，她也跟著去，偎依在母親背後睡著了。這時候，她最溫順哩。」

「很可愛呀。」

「老太婆不喜歡這個孫女，等她長到十四、五歲，說不定也跟妳這個婆婆一樣打鼾哩。」

菊子回到剛才縫製衣服的房間裏，信吾剛要走到另一間房，菊子就把他叫住了。

「爸爸，聽說您去跳舞了？」

「什麼？」信吾回過頭來，

「妳也知道了？真叫我吃驚。」

前天晚上，公司的女職員與信吾到舞廳去。

今天是星期日，肯定是昨天谷崎英子告訴了修一、修一又轉告菊子的。

近年來，信吾未曾出入舞廳。他邀英子時，英子嚇了一跳。她說，跟信吾去，公司的人議論就不好了。信吾說，可以不說出去嘛。可是，看樣子第二天，她馬上就告訴修一了。

修一早已從英子那裏聽說了，可昨天和今天，他在信吾面前仍佯裝不知。看來他很快就告訴了妻子。

修一經常和英子去跳舞，信吾也想去嘗試一番。信吾心想：說不定修一的情婦就在自己與英子去跳舞的那個舞廳裏呢。

到了舞廳，就又覺得在舞廳裏不會找到這種女人，於是向英子打聽起來。英子出乎意料地跟信吾一起來，顯得滿心高興，忘乎所以。在信吾看來，這很危險；太可憐了。

英子年芳二十二，乳房卻只有巴掌這般大。信吾驀地聯想起春信[2]的春畫來。

他一看見四周雜亂無章，覺得此刻聯想到春信，的確很有喜感，有點滑稽可笑。

「下回跟菊子一起去吧。」信吾說。

「真的嗎?那就請讓我陪您去吧。」

從把信吾叫住的時候起，菊子臉上就泛起了紅潮。

菊子是不是已經察覺到，信吾以為修一的情婦可能在才去的呢?

菊子知道自己去跳舞倒沒什麼，可自己另有盤算，覺得修一的情婦會在那裏;這事突然被菊子點出來，不免有點不知所措了。

信吾繞到門廳，走到修一那邊，站著說:

「喂，你從谷崎那裏聽說了?」

「因為是咱家的新聞啊。」

2 即鈴木春信(一七二五—一七七〇)，江戶中期的浮世繪畫師，擅長畫夢幻中的美人。

「什麼新聞！你既然要帶人家去跳舞，也該給人家買一身夏裝嘛。」

「哦，爸爸也覺得丟臉了嗎？」

「我總覺得她的罩衫跟裙子不搭配。」

「她有的是衣服。您突然帶她出去，她才穿得不相配罷了。倘使事前約好，她會穿得適稱的。」修一說罷，就把臉扭向一邊了。

信吾經過房子和兩個孩子睡覺的地方，走進飯廳，瞧了瞧掛鐘。

「五點啦！」他彷彿對準了時間喃喃自語地說了一句。

# 雲焰

I

報紙報導二百一十日可望平安無事地度過，可是二百一十日的前夕，來了颱風。

當然幾天前信吾就讀過這段報導，現在都忘卻了，也許不能叫作天氣預報吧。因為臨近還會有預報，也有警報。

「今天早點回家吧。」信吾邀修一回家。

女職員英子協助信吾做好回家的準備，接著也匆匆忙忙打點好自己。她穿上一件透明的白色雨衣。胸部依然很扁平。

自從帶英子去跳舞，發現她的乳房難看以來，信吾無意中反而更加注目了。

英子隨後跑步似的從樓梯上走了下來，與信吾他們並排站在公司門口。大概是下雨的緣故，她的臉上沒有重新化妝。

「妳回哪兒去？」信吾欲言又止。恐怕他已經問過二十次了，可總是記不住。

在鎌倉站下了車的人們就都站在屋檐下，眼巴巴地望著風雨交加的情景。

他們一來到門前種植葵花的人家附近，《巴黎節》[3]主題曲的歌聲就夾在風聲雨聲中傳了過來。

「她真悠然自在啊！」修一說。

他們兩人都知道，這是菊子在放麗絲．戈蒂[4]的唱片。

歌曲終了，又從頭開始放。

傳來的歌聲，夾雜著拉木板套窗的聲響。

他倆還聽見菊子一邊關板套窗，一邊和著唱片的歌聲。

由於暴風雨和歌唱，菊子沒留意到他們兩人已經從大門走進了門廳。

---

3 一九三三年魯涅庫列爾導演的影片《Le Quatorze Juillet》，日文譯作《巴黎節》。

4 麗絲．戈蒂（Lys Gauty, 1900/08-1994），法國女民歌手。

「真要命！鞋子都進水了。」修一說著在門廳處把鞋脫下來。
信吾就這麼渾身濕漉漉地走進了屋裏。
「唷！回來了。」菊子走過來。她滿臉喜氣洋洋。
修一把手中拎著的襪子遞給她。
「唉喲！爸爸也淋濕了吧。」菊子說。
唱片放完了。菊子把唱針又放到唱片開始的地方重播一遍，然後抱起兩人濡濕了的西裝準備離開。
修一一邊繫腰帶一邊說：
「菊子，妳真悠閒啊，隨近都聽見了。」
「我是害怕才放唱片的。惦記著你們兩人，沉不住氣啊。」
菊子手舞足蹈，彷彿對暴風雨很著迷似的。
她走到廚房裏給信吾沏茶，嘴裏還輕聲哼著這首曲子。

這本巴黎民歌集是修一喜歡才買回來的。

修一懂法語。菊子不懂。修一教她發音，她再跟著唱片反覆學，唱得還算不錯。據說主演《巴黎節》的麗絲．戈蒂經歷過千辛萬苦，掙扎度日。菊子是體會不到這種滋味的。可是，菊子對自己這種不熟練的輕歌，也覺著很有樂趣。

菊子出嫁的時候，女校的同學們送給她一套世界搖籃曲的唱片。新婚期間，她常放這些搖籃曲。沒有人在場時，她就和著唱片悄悄地唱起來。

信吾被這種甜美的人情吸引住了。

信吾暗自佩服，這不愧是女人的祝福。他覺得菊子一邊在聽搖籃曲，一邊似乎沉湎在少女時代的追憶之中。

他曾對菊子說過：「在我的葬禮上，只希望放這張搖籃曲的唱片就夠了，不要念經，也不要讀悼辭。」這句話雖不是十分認真，卻頓時催人淚下。

菊子至今還沒生育孩子，看樣子她聽膩了搖籃曲的唱片，近來也不放了。

《巴黎節》的歌聲接近尾聲，突然低沉，消失了。

「停電啦！」保子在飯廳裏說。

「停電了。今天不會再來電啦。」菊子把電唱機關掉說：

「媽媽，早點開飯吧。」

晚飯的時候，賊風把微弱的燭光吹滅了三、四回。

暴風雨聲的遠方，傳來了似是海嘯的鳴聲。海嘯聲比暴風雨聲更令人感到可怕。

II

吹滅了的枕邊蠟燭，臭味在信吾的鼻尖前飄忽不散。

房屋有點搖晃，保子在鋪蓋上找火柴。像是為了確認，又像是要讓信吾聽見似的，她將火柴盒晃了晃，發出了聲響。

爾後又去找信吾的手。不是握手，只是輕輕地觸了觸。

「不要緊吧？」

「沒事兒。就是外頭的東西被颳跑也不能出去。」

「房子家大概不要緊吧？」

「房子家嗎？」

信吾忘了。

「哦，大概不要緊吧。暴風雨的晚上，夫妻倆還不親親密密地早早睡覺嗎。」

「能睡得著嗎？」保子岔開信吾的話頭，便緘默不語了。

傳來了修一和菊子的話聲。菊子在撒嬌。

過了一會兒，保子接著說：

「家裏有兩個孩子，跟咱家可不同。」

「再說，她婆婆的腿腳不方便。神經痛也不知怎麼樣了。」
「對，對，房子這麼一走，相原就得揹他母親啦。」
「腿腳站不住嗎？」
「聽說還能動。不過，這場暴風雨……那家真憂鬱啊！」
六十三歲的保子吐出「憂鬱啊」這個詞，信吾覺得挺滑稽，說：
「到處都憂鬱嘛。」
「報紙登過『女人一生當中梳過各種各樣髮型』，說得真動聽。」
「報上都登了些什麼？」
據保子說，這是一個專畫美女像的男畫家，為了悼念最近過世、專畫美女像的女畫家，所撰寫文章的頭一句話。
不過，那篇文章恰恰與保子所說的那句相反，據說那位女畫家沒有梳過各式各樣的髮型。她打從二十歲至七十五歲去世為止，大約五十年間，一直梳的是一種全髮[5]髮型。

保子對一輩子只梳全髮髮型的人雖很欽佩，但她不談這一點，卻對「女人一生當中梳過各式各樣的髮型」這句話感慨萬千。

保子有個習慣，就是每隔幾天把讀過的報紙匯集起來，再從裏面挑著讀。所以，她是說哪一天的消息也不知道。再說，她又愛聽晚間九點的新聞解說，常常吐出一些出乎意料的話來。

「妳的意思是不是說，今後房子也會梳各式各樣的髮型呢？」信吾探詢了一句。

「是啊，女人嘛。不過，大概不會像從前我們梳日本髮型那樣多變化了吧。要是房子有菊子那樣標致，常常變換髮型倒是樁樂事。」

5 原文為「惣髮櫛卷」，即將所有的頭髮都纏在頭頂梳子上的一種日本髮型。

「我說呀，房子來了，遭到這麼冷淡的對待。我想房子是絕望地回娘家來的。」
「那還不是因為你的情緒傳染給了我？你只疼愛菊子。」
「哪兒的話。妳藉口！」
「是這樣嘛。你過去就討厭房子，只喜歡修一，不是嗎？你就是這樣的人。事到如今，修一在外頭有了情婦，你什麼也沒說，只顧一個勁地憐恤菊子，這樣做反而更殘酷啊。那孩子覺得別讓爸爸難堪，才不敢嫉妒。這是一種憂鬱啊。要是颱風能把這些都颳跑就好囉。」
信吾不禁愕然。
保子愈說愈有精神，他卻插上一句：
「妳說颱風？」
「是颱風嘛。房子也到了這把年紀，現今這個時代，還要讓父母替自己提出離婚，不是太怯懦了嗎？」

「不見得吧。她是為提離婚的事來的嗎？」

「甭說別的，我首先看見的是這張憂鬱的臉，彷彿帶著外孫的房子是個沉重的負擔似的。」

「妳的臉才明顯露出了這樣一副表情呢。」

「那是因為家中有了你疼愛的菊子呀。且不說菊子啦。說實在的，說討厭，我也討厭。有時菊子說話辦事還能讓人放心，輕鬆愉快；可房子卻讓人放不下心……出嫁之前，她還不至於這樣。明明是自己的女兒和外孫女，父母為什麼會有這種感覺呢。真可怕。是受了你的影響吧。」

「妳比房子更怯懦啊。」

「剛才是開玩笑。我說受了你的影響時，不由自主地吐了一下舌頭，在暗處，你大概沒瞧見吧。」

「妳真是個饒舌的老太婆，簡直拿妳沒辦法。」

「房子真可憐。你也覺得她可憐吧？」

「可以把她接回來嘛。」

於是，信吾驀地想起來似的說：

「前些日子，房子帶來的包巾……」

「包巾？」

「嗯，包巾。我認得那塊包巾，只是想不起來囉；是咱們家的吧？」

「是那塊大布包巾吧？那不是房子出嫁的時候，給她包梳妝台鏡子的嗎？因為那是面大鏡子呀。」

「啊，是嗎。」

「光看見那塊包巾，我都討厭哩。何必拎那種東西嘛。哪怕是裝在新婚旅行衣箱裏帶來，不是更好嗎？」

「提衣箱太重嘛。又帶著兩個孩子，就顧不上裝門面了。」

「可是，家裡有菊子在嘛。記得那塊包巾還是我出嫁的時候、包著什麼東西帶來的吶。」

「是嗎？」

「還要更早吶。這包巾是姊姊的遺物，姊姊過世之後，她婆家用它裹著花盆送回娘家來。那是盆栽大紅葉。」

「是嗎。」信吾平靜地應了一聲，腦海裏卻閃滿了漂亮的盆栽紅葉的豔麗色彩。

保子的父親住在鎮上，愛好盆栽。尤其講究盆栽紅葉。他經常讓保子的姊姊幫忙伺弄盆景。

暴風雨聲中，信吾躺在被窩裏，腦海中浮現岳父站在盆栽架之間的身影來。

這盆盆栽，大概是父親讓出嫁的女兒帶去的，或是女兒想要的。可是女兒一故世，她婆家又把這盆栽送回了娘家。一來是由於女兒娘家的父親珍視它，二來是女兒婆家沒有人伺弄它的緣故吧。也說不定是岳父索要回去的呢。

眼下信吾滿腦子裝著彤紅的紅葉，就是放置在保子家佛壇上的盆栽。

信吾心想：如果是那樣，保子的姊姊去世正好是秋天囉。信濃地方秋天來得早。

兒媳一死就該趕緊退回盆栽嗎？紅葉放在佛壇上，也未免有點過分。莫非這是追憶懷鄉病的空想嗎？信吾不確定。

信吾早已把保子姊姊的忌辰忘得一乾二淨了。

他也不想詢問保子。

「我沒有幫忙父親伺弄過盆栽，這可能是由於我的性格緣故。不過，我總有這種感覺：父親偏愛姊姊。我也並不僅是因為輸給姊姊，就妒羨她，而是覺得自己不像姊姊那樣能幹，有點自慚形穢呀。」

保子曾這麼說過。

一談及信吾偏愛修一，保子就會冒出這樣的話來。

「我當年的處境也有點像房子吧。」保子有時也這樣說。

信吾有點驚訝，心想：那塊包巾竟能勾起對保子姊姊的回憶嗎？但是，談到保子的姊姊，信吾就不作聲了。

「睡吧。上了年紀的人，也難以成眠呀。」保子說。

「這場暴風雨讓菊子很開心哩，笑得很暢快……她唱片放個不停，我覺得那孩子真可憐。」

「喂，這跟妳剛才說的有矛盾嘛。」

「你不也是嗎？」

「這話該由我來說。偶爾早早休息，竟挨了一頓說。」

盆栽的紅葉，依然留在信吾的腦海裏。

充滿紅葉豔麗色彩的腦袋角落，信吾在尋思：少年時代自己憧憬過保子的姊姊，這件事難道在和保子結婚三十多年後的今天，仍是一個舊傷疤嗎？

比保子晚一個鐘頭才入夢的信吾，被一聲巨響驚醒了。

「什麼聲音？」

走廊那邊傳來菊子摸黑走過來的腳步聲。她通知說：

「您醒了嗎？人家說神社安放神輿那間小屋的屋頂白鐵皮，被颳到咱家的屋頂上來了。」

III

安放神輿的小屋，屋頂上的白鐵皮全被颳跑了。

信吾家的屋頂上、庭院裏，落下了七、八塊白鐵皮。神社管理人一大清早就來撿了。

第二天，橫須賀線也通車了。信吾上班去了。

「怎麼樣？睡不著吧？」

信吾向給他沏茶的職員說。

「嗯。沒法睡著。」

英子敘述了兩、三件颱颱風之後的事，那是她在上班途中透過電車車窗看到的。

信吾抽了兩支香菸之後說：

「今天不能去跳舞了吧？」

英子抬起頭來，莞爾一笑。

「上回跳舞，第二天早晨腰瘆腿痛哩。上了年紀就不行啦。」信吾說。英子露出了調皮的笑臉說：

「那是因為您腆胸的關係吧？」

「腆胸？是嗎。可能是彎腰吧。」

「您不好意思碰我，就腆胸和我保持距離跳舞了。」
「哦？這我可沒想到。不至於吧？」
「可是……」
「或許是想讓姿勢優美些。我自己倒沒察覺呢。」
「是嗎？」
「你們總愛貼身跳舞，不雅觀啊。」
「唷，瞧您說的，太不厚道了。」
信吾覺得，上回跳舞英子愈跳愈來勁，有點忘我了。不過，她倒是挺天真的。沒什麼，大概是自己太死腦筋了吧。
「那麼，下回我就緊緊地貼著妳跳，去嗎？」
英子低下頭，竊竊地笑了笑，說：
「我奉陪。不過，今天不行。這身打扮太失禮了。」

「我不是說今天呀。」

信吾看見英子穿著一件白襯衫，繫著一條白色緞帶。

白襯衫並不稀奇，也許是繫了白色緞帶的緣故，顯得白襯衫更加潔白了。她用一條稍寬的緞帶，將頭髮攏成一束，繫在腦後。儼然一副颱風天氣的打扮。

往常遮掩在秀髮下的耳朵，和耳後的髮際周圍的肌膚都露了出來。蒼白的肌膚上長滿了漂亮的毛髮。

她穿著一條深藍色的針織薄裙。裙子舊了。

這身裝束，乳房小也不顯眼。

「打那以後，修一沒邀過妳嗎？」

「嗯。」

「真對不起啊。跟老爹跳過舞，就被年輕的兒子敬而遠之，太可憐啦。」

「唷，瞧您說的。我會去邀他嘛。」

「妳是說用不著擔心？」
「您嘲弄我，我就不跟您跳舞了。」
「不是嘲弄。不過，修一被妳發現了，就抬不起頭來哩。」
英子有所反應。
「妳認識修一的那個情婦吧？」
英子有點不知所措。
「是個舞女吧？」
英子沒有回答。
「是個年紀較大的吧？」
「年輕較大？比您家的兒媳要大。」
「是個美人？」
「嗯，長得很標致。」英子吞吞吐吐地說，

「不過，嗓子嘶啞得厲害。與其說嘶啞，莫如說是破了，好像發出雙重聲音似的，他告訴我這嗓音很性感哩。」

「哦？」

英子還要接著細說下去，信吾真想把耳朵堵住。

信吾感到自己遭到侮辱了，也厭惡修一的情婦和英子所露出的本性。

女人的嘶啞嗓音很性感——這種話她竟說得出口。信吾驚呆了。修一到底是修一，英子也畢竟是英子啊！

英子覺察到信吾的臉色，不作聲了。

這天，修一和信吾一起早早就回家，鎖上了門，一家四口看電影《勸進帳》[6]去了。

---

6《勸進帳》，是日本歌舞伎的保留劇目之一。

修一脫下長袖襯衫，更換內衣，這時候信吾發現他乳頭和臂膀上呈現一片紅暈。他心想：說不定是颱風夜裡被菊子鬧的呢。

扮演《勸進帳》中的三位名角幸四郎[7]、羽左衛門[8]、菊五郎[9]現在都已成為故人了。

信吾的感受與修一和菊子都不同。

「我們看了幾回幸四郎扮演的弁慶？」保子問信吾。

「忘了。」

「你就會說忘了。」

街上灑滿了月光。信吾仰望著夜空。

信吾突然覺得月亮在火焰中。

月亮四周的雲，千姿百態，非常珍奇，不由得令人聯想到不動明王背後的火焰，磷的火焰，或是這類圖畫上描繪的火焰。

然而，這雲焰卻是冰冷而灰白的，月亮也是冰冷而灰白的。信吾驀地感受到了秋意。

月亮稍稍偏東，大致是圓的。月亮隱沒在雲燄裏，雲緣也燒得模糊不清了。除了隱沒了月亮的雲燄，近處沒有雲朵。暴風雨過後的夜空，整夜都是黑魆魆的。

街上的店鋪都關門了，街上也是成夜冷落蕭條。電影散場回家的人群前方，鴉雀無聲，渺無人影。

「昨晚沒睡好，今晚早點睡吧。」信吾說著，不覺感到幾分寂寥。他渴望人

---

7幸四郎，即松本幸四郎（一八七〇—一九四九），日本歌舞伎演員，原名藤間勘右衛門，扮演《勸進帳》中的弁慶。

8羽左衛門，即市村的左衛門（一八七四—一九四五），日本歌舞伎演員，扮演《勸進帳》中的富樫。

9菊五郎，即尾上菊五郎（一八八五—一九四九），日本歌舞會演員，扮演《勸進帳》中的義經。

體的溫存。

不知怎的，他覺得決定人生的時刻終將到來。事情咄咄逼人，必須做出決定了。

# 栗子

I

「銀杏樹又抽牙啦！」

「菊子，妳才發現嗎？」信吾說：

「前幾天我就看見了。」

「因為爸爸總是朝銀杏樹的那個方向坐嘛。」

坐在信吾斜對面的菊子，回頭朝身後的銀杏樹掃視了一圈。

在飯廳裏用餐時，一家四口的座位無形中已經固定下來了。

信吾朝東落坐。左鄰是保子，面朝南。右鄰是修一，面朝北。菊子是朝西，與信吾相對。

南面和東面都有院落。可以說，這對老夫老妻占了好位置。用餐的時候，這兩位女性的位置，也便於上菜和侍候。

不僅是用餐，就是四人在飯廳裏的矮腳桌旁圍坐的時候，也有固定的座位，這自然而然地成了習慣。

所以菊子總是背向銀杏樹而坐。

儘管如此，菊子竟沒發現，這樣一棵大樹不合季節地抽出了幼芽。信吾不由地擔心她內心是否留下了空白？

「打開木板套窗，或者清掃廊道的時候，不就可以看見了嗎？」信吾說。

「您說的倒也是。不過……」

「就是嘛。首先，從外面回來的時候，不是朝銀杏樹走過來的嗎？不管妳喜歡不喜歡，也是可以看見的嘛。菊了，妳總是低著頭走路，是不是一邊走路，一邊在沉思，心不在焉呢？」

「唷，真不好辦啊。」菊子聳了聳肩膀說：

「今後凡是爸爸看到的東西，不論什麼，我都注意要先看看囉。」

信吾聽了這句話，覺得有點悲戚。

「這怎麼行呢？」

自己所看到的東西，不論什麼，都希望對方先看到，信吾這一生中就不曾有過這樣的情人。

菊子依舊望著銀杏樹。

「那邊山上，有的樹也在抽牙吶。」

「是啊。還是那棵樹吧。大概暴風雨把樹葉都颳跑了。」

信吾家的後山，一直延伸到神社所在的地方。這座小山的一端，成為神社的界內。銀杏樹就聳立的神社界內。從信吾家的飯廳望去，像是山上的樹。

一夜之間，這棵銀杏樹被颱風颳成了一棵禿樹。

銀杏樹和櫻花樹的樹葉被颱風颳得精光。在信吾家附近，銀杏樹和櫻花樹可算是大樹了，也許是樹大招風，或是樹葉子柔弱、經不住風吹雨打。

櫻花樹原先還殘存著一些枯枝敗葉，但現在也落光，成了禿樹。後山竹子的葉也枯萎了。大概是近海，風中含有鹽分的緣故吧。有些竹子被風颳斷，飛落在院落裏。

大棵的銀杏樹又抽新芽了。

從大街拐進小巷，信吾便朝這棵銀杏樹的方向走回家，所以每天都可以望見。從家中的飯廳裏也可以瞥見。

「有些地方銀杏樹還是比櫻花樹強啊。我一面想一面看：難道長壽樹到底是不一樣嗎？」信吾說。

「到了秋天，那樣一棵老樹還要再一次長出嫩葉，不知得花多大的力氣。」

「可是，樹葉不是很寂寞嗎？」

「是啊。我望著它，心裏想：它可以長得像春天裏萌生的葉子那麼大嗎？其實是很難長大的。」

樹葉不僅很小，而且稀稀落落。長得蓋住枝椏的並不多。葉子似乎很薄，顏色也不怎麼綠，呈淺黃色。

人們有這樣的感覺：秋天的晨曦還是照在光禿的銀杏樹上。

神社的後山上植有許多常綠樹。常綠樹的葉子還經得住風吹雨打，毫不受損傷。

有的常綠樹，在亭亭如蓋的樹梢上長出了嫩葉。

菊子發現了這些嫩葉。

保子可能是從廚房那邊走進來的，傳來了自來水的流水聲。她在說些什麼，流水聲大，信吾沒聽清楚。

「妳說什麼？」信吾揚聲說。

「她說胡枝子開得很妍麗吶。」菊子搭上一句。

「是嗎。」

「她說狗尾草也開花了。」菊子又轉達了一聲。

「是嗎。」

保子在說什麼。

「別說了。聽不見。」信吾生氣地嚷了一句。

菊子低下頭來，抿嘴笑著說：

「我來給你們當口頭翻譯吧。」

「當口頭翻譯？反正是老太婆自言自語。」

「她說她昨晚夢見老家的房屋已經破破爛爛了。」

「唔。」

「爸爸怎麼回答？」

「我只能答聲『唔』囉。」

自來水聲止住。保子在喊菊子。

「菊子，請妳把這些花插好。我覺得很漂亮，就把它摘了下來。拜託妳了。」
「嗯。讓爸爸先看看。」
菊子抱著胡枝子和狗尾草走過來。
保子洗洗手，弄濕那只信樂花瓶，然後拿了進來。
「鄰居雁來紅的顏色也很美啊。」
保子說著坐了下來。
「種向日葵的那家也種雁來紅哩。」信吾邊說邊想起那漂亮的葵花被暴風雨打得七零八落。
向日葵連花帶莖足有五、六尺長，被狂風颳斷，倒在路旁。花凋落已經好幾天了。恍如人頭落了地。
葵花冠四周的花瓣首先枯萎，粗莖也因失去水分而變了顏色，沾滿了泥土。
信吾上下班，都從落花上跨過，卻不想看它一眼。

落下了葵花冠之後，葵花莖的下截依然立在門口。沒有葉子。旁邊的五、六株雁來紅成排並立，鮮豔奪目。

「附近的人家都沒有種鄰居那種雁來紅呀！」保子說。

## II

保子說夢見老家的房屋已經破破爛爛，指的是她的娘家。

保子的雙親亡故之後，那些房屋已經好幾個年頭無人居住了。

父親讓保子繼承家業，才讓姊姊出嫁的。對一向疼愛姊姊的父親來說，這是違心之舉。大概是美貌的姊姊出於可憐保子，懇求父親這樣做的吧。

所以姊姊死後，保子到姊姊的婆家去幫忙，並打算做姊夫的填房。由此看來，父親對保子感到絕望了吧。保子之所以產生這種念頭，她的父母和家庭也負有責任。說不定她父親也悔恨不已。

保子和信吾結婚，父親似乎很高興。

看來父親決心在家業無人繼承的情況下度過他的殘年。現在的信吾，比當年保子出嫁時，她父親的年紀還大。

保子的母親先離去，待到父親辭世之後，大家才曉得田地都賣光了，剩下的僅有山林和屋宇。也沒有什麼稱得上是古董的東西。

這些遺產，雖然全記在保子名下，可後來都委託老家的親戚照管了。大概是靠砍伐山上的樹木繳納稅金吧。長期以來，保子沒有為老家支付過分文，也沒有從老家得到過半點什麼。

一個時期，因為戰爭，不少人疏散到這裏來。那時節，也有人提出要把這些東西買下來，信吾體諒到保子留戀的心情，就沒有出手。

信吾和保子的婚禮就是在這幢房子裏舉行的。這是她父親的希望。她父親說過：我把剩下的一個女兒嫁出去了，希望在我家裏舉辦結婚儀式。

信吾記得，在酒宴上交杯的時候，有顆栗子掉下來。

栗子打在一塊大點景石上。可能是斜面的關係，栗子蹦得很遠，落在溪流裏。栗子擊在點景石上又飛開的景象，格外的美。信吾差點「啊」的一聲喊了出來。他環視了宴席上的人一圈。

似乎沒人留意到一顆栗子掉下來的事。

翌日清早，信吾走到溪流邊，發現栗子就落在溪畔。

這裏有好幾顆落下的栗子，不見得就是婚禮時掉落的那一顆。信吾撿起栗子，一心想告訴保子。

信吾轉念又想：自己簡直像個孩子。再說，保子、還有其他人聽了，能相信這就是那顆栗子嗎？

信吾將栗子扔在河岸邊的草叢裏。

與其說信吾擔心不被相信，莫如說懼怕保子的姊夫恥笑。

倘使這個姊夫不在場，昨天的婚禮上信吾也許會說栗子掉下來了。

這個姊夫出席了婚禮，信吾覺得壓迫，像是受了屈辱似的。

姊姊結婚後，信吾仍憧憬著她。他心中總覺得對姊夫有愧。就是姊姊病逝、信吾和保子結了婚，他內心仍然難以平靜。

何況保子更是處在受屈辱的地位。姊夫佯裝不知保子的心意，變相地把她當作體面的女傭來使喚，這樣看也未嘗不可。

姊夫是親戚，請他來參加保子的婚禮是理所當然。不過，信吾有愧，沒朝姊夫那邊望一眼。

事實上，即使在這樣的宴席上，姊夫依然是個耀眼奪目的美男子。

信吾感到，姊夫落坐的地方，四周彷彿在發光。

在保子看來，姊姊姊夫是理想王國裏的人。信吾和這位保子結婚，就已經注定他追不上姊夫他們了。

信吾還覺得姊夫似是居高臨下，冷漠地俯視著自己和保子的婚禮。

信吾錯過機會，沒有說出掉落一顆栗子這樣瑣碎的小事。這一陰暗情緒日後一直殘留在他們夫婦生活的某個角落裏。

房子出生時，信吾悄悄企盼著：但願她能長得像保子的姊姊那樣美。這個願望，不能對妻子說。然而，房子這位姑娘長得比她母親還醜。

按信吾的說法，姊姊的血統沒有通過妹妹承傳下來。信吾對妻子有點失望了。

保子夢見老家之後，過了三、四天，老家的親戚來電報通知，房子帶孩子回老家來了。

菊子接到這封電報，便交給了保子。保子等著信吾從公司回家。

「做老家的夢，大概是一種預感吧。」保子說罷，望著信吾讀電報，顯得格外沉著。

「唔，她回老家去了？」

信吾首先想到，這樣一來，她大概也就不會尋死了。

「可是，她為什麼不回這個家呢？」

「她是不是覺得如果回到這兒來，相原會馬上曉得？」

「那麼，相原就會到這兒來說三道四嗎？」

「不。」

「看樣子雙方關係已經不行了。妻子帶著孩子出門，可……」

「不過，房子回娘家，也許會像上回一樣，事先向他打過招呼呢。從相原來說，他大概也不好意思上咱們家來吧。」

「總之，這很不妙啊！」

「她怎麼竟想到回老家呢，真令人驚訝。」

「到咱們家來不是更好嗎？」

「還說什麼『更好』呢，你跟她說話那麼冷淡哩。我們應該知道，房子回不了自己家，是怪可憐的呀。父母和子女竟變成這種樣子，我感到悲涼啊。」

信吾緊鎖雙眉，翹著下巴頦兒，一邊解領帶一邊說：

「哦，等一等。我的和服呢？」

菊子給他拿來了更換的衣服。她抱起信吾換下的西裝，默默地走了。

這段時間，保子一直耷拉著腦袋。菊子關上隔扇門離去以後，保子才望著隔扇門，喃喃自語地說：

「就說菊子吧，她未必就不會出走。」

「難道父母要對子女的夫妻生活永遠負責嗎？」

「因為你不懂得女人的心理……女人悲傷的時候，跟男人就不一樣。」

「可是，怎能認為女人都懂得女人的心理呢？」

「就說今天修一不回家吧，你為什麼不跟他一起回來呢？你一個人回來，讓菊子侍候你換西裝，這樣做……」

信吾沒有回答。

「再說房子的事吧，你不準備跟修一商量一下嗎？」保子說：

「乾脆讓修一回老家，把房子接回來嘛。」

「讓修一到老家把房子接回來，房子也許不高興呢。修一看不起房子。」

「事到如今，說這些也不中用。星期六就讓修一去吧。」

「到老家去也是難堪啦。我們沒有回去，彷彿跟老家斷絕了關係。在那裏，房子也沒有可依靠的人，她怎麼就去了呢。」

「在老家，不知她住在哪家。」

「大概住在那幢空房裏。不至於去打攪嬸嬸家裏吧。」

保子的嬸嬸該是年過八旬了。當家的堂弟和保子幾乎沒什麼來往。這家究竟有幾口人，信吾也回想不起來了。

房子怎麼竟會逃到保子所夢見、破破爛爛的荒蕪家裏去呢？信吾毛骨悚然。

III

星期六早晨，修一和信吾一起走出家門，順便轉去公司一趟。距火車發車還有一段時間。

修一來到父親的辦公室裏，對女職員英子說：

「我將這把傘寄放在這兒。」

英子微歪著腦袋，瞇縫著眼睛問道：

「出差嗎？」

「嗯。」

修一放下皮箱，在信吾前面的椅子上坐了下來。

英子的視線彷彿一直跟蹤著修一。

「聽說天氣要變冷了，請注意身體。」

「唔。嗯。」修一一邊望著英子，一邊對信吾說：

「今天，已經約好她去跳舞了。」

「是嗎？」

「讓家父帶妳去吧。」

英子臉上飛起一片紅潮。

信吾也懶得說什麼。

修一走出辦公室時，英子拎著皮箱，準備相送。

「不必了，不像樣子。」

修一把皮箱奪了過來，消失在大門外。

剩下英子一人，她在門前做出一個不起眼的小動作，然後無精打采地回到自己的座位上。
信吾無心判斷她究竟是不好意思呢，還是故作姿態？但她的膚淺，倒使信吾感到輕鬆安樂了。
「難得約好了，真遺憾。」
「最近他常失約呢。」
「讓我來代替他吧。」
「啊？」
「不方便嗎？」
「唉喲！」
英子抬起眼睛，顯得十分驚訝。
「修一的情婦在舞場吧？」
「沒有這回事。」

關於修一的情婦，先前信吾從英子那裏只聽說過她那嘶啞的嗓音很性感。更多的情況，再沒有探聽出來。

連信吾辦公室裏的英子也見過那個女人，修一的家人卻反而不認識她，或許這是司空見慣的事吧。不過，信吾難以理解。

尤其是眼前看到的英子，更是難以理解。

一看英子就像是個輕浮的女人。儘管如此，在這種場合，她彷彿是一幕人生沉重的帷幔立在信吾面前。她在想些什麼呢？不得而知。

「那麼，就找個什麼理由帶妳去跳舞；妳見過那個女人嗎？」信吾故作輕鬆地說。

「見過。」

「經常見到嗎？」

「也不經常。」

「修一給妳介紹了嗎？」

「談不上什麼介紹。」

「我真不明白，會見情人也把妳帶去，是想讓人吃醋嗎？」

「像我這樣的人，不會是什麼障礙的。」說罷，英子縮了縮脖子。

信吾看穿英子對修一抱有好感，也產生妒忌，便說：

「妳可以障礙一下嘛。」

「唉喲！」

英子把頭耷拉下來，笑了笑。

「對方也是兩個人吶。」

「什麼？那個女人也帶了個男人來？」

「是帶個女伴。不是男人。」

「是嗎。那就放心了。」

「唷。」英子望了望信吾：
「這女伴跟她同住。」
「住在一起？兩個女人租一間房？」
「不是。房子雖小卻滿別致的。」
「什麼呀，原來妳已經去過了。」
「嗯。」
英子支吾其詞。
信吾又吃了一驚，有點著急地問道：
「那家，在什麼地方？」
英子倏地臉色刷白，嘟囔了一句：
「真糟糕！」
信吾啞然不語。

「在本鄉的大學附近。」
「是嗎？」
英子像要擺脫壓迫似的說：
「這住宅坐落在一條小巷裏，地方比較昏暗，但滿乾淨的。另一個女伴，長得真標致，我很喜歡她。」
「妳說的另一個女伴，不是修一的情人，是另一個女人嗎？」
「嗯，是個文雅的女子。」
「哦？那麼，這兩個女人是做什麼的？兩人都單身？」
「哦，我不太清楚。」
「就是兩個女人一起生活囉。」
英子點了點頭，用略帶撒嬌的口吻說：
「我不曾見過這般文雅的女子，真恨不得每天都見到她。」這種說法，聽起來令人覺得英子是不是想透過那女子的文雅，來寬恕自己的什麼呢。

信吾深感意外。

他不禁尋思：英子是不是企圖透過讚美同居的女伴，以達到間接貶低修一情人的目的呢？英子的真心實在難以捉摸。

英子把視線投向窗外。

「陽光照進來啦。」

「是啊。開點窗吧。」

「他把雨傘存放在這兒的時候，我還擔心不知天氣會怎麼樣呢。沒想到他一出差，就遇上好天氣，太好了。」

英子以為修一是為公司的事出差去。

英子依然扶著推上去的玻璃窗，站了一會兒。衣服一邊的下襬提起來了。神態顯得有點迷惘。

她低著頭折回來。

助理拿著三、四封信走了進來。

英子接過信，把它放在信吾的辦公桌上。

「又是告別式？真討厭。這回是鳥山？」信吾自言自語。

「今天下午兩點。那位太太不知怎麼樣了。」

英子早就習慣了信吾像這樣自言自語，只悄悄地瞥了信吾一眼。

信吾微張著嘴，有點呆愣。

「要參加告別式，今天就不能去跳舞了。」

「聽說這人在妻子更年期時受盡折磨哩，他妻子不給他飯吃。真的不給他飯吃吶。只有早晨嘛，還湊合，在家吃過早餐再出門，可她並沒有給丈夫準備任何吃的。孩子們的飯端上來了，丈夫就像背著妻子，偷偷摸摸著吃。傍晚因為怕太太，不敢回家，每晚都閒逛，要麼看電影，要麼就進曲藝場，待到妻子兒女都入睡了，他才回家。孩子們也都站在母親一邊，欺負父親。」

「為什麼呢？」

「不為什麼，更年期反應唄。更年期真可怕。」

英子似乎覺得自己受到了嘲弄。

「但是，做丈夫的恐怕也有不是的地方吧。」

「當時他是一個很了不起的官員吶。後來進了民營公司任職。按其身分，告別式好歹得借寺廟來舉辦，所以相當講究。他當官的時候也不放蕩。」

「他撫養全家人吧。」

「那是當然囉。」

「我不明白。」

「是啊，妳們是不會明白的。一個五、六十歲、堂堂正正的紳士，竟怕老婆怕到不敢回家，半夜三更還在外頭徘徊，這種人有的是吶。」

信吾試圖憶起鳥山的容顏，可怎麼也無法清晰地回想起來。他前後已有十年沒見過鳥山了。

信吾在想，鳥山大概是在自己的宅邸裏辭世的吧。

## IV

信吾燒過香後就站在寺廟門旁。他以為在鳥山的告別式上會遇見大學時代的同學，可是一個也沒看見。

會場上也沒有像信吾這麼大歲數的來賓。

也許是信吾來晚了吧。

往裏窺視，只見站在正殿門口的隊列開始移動，人們散去了。

家屬都在正殿裏。

正如信吾所想像的，鳥山的妻子還活著，大概站在靈柩緊跟前的那個瘦削女子就是她了。

她染過頭髮。不過，好像好久沒染了，髮根露出了斑白來。

信吾向這位老婦低頭施禮的時候，驀地想到：大概是鳥山長期患病，她來護理，沒有工夫染髮的緣故。當他轉向棺槨燒香時，不由喃喃地說：誰知道實際情況又是怎麼樣呢。

這就是說，信吾登上正殿的台階、向遺屬施禮時，全然忘卻了鳥山的妻子虐待她丈夫的事。可是，轉身向死者致禮時，又想起來了。信吾暗自吃驚。

信吾沒瞧遺屬席上的鳥山夫人一眼，就從正殿裏走了出來。

信吾吃驚的，倒不是鳥山和他的妻子，而是自己這種奇怪的健忘。他帶著幾分厭煩，從鋪石路上又折了回來。

信吾心頭泛起一種忘卻和失落感。

瞭解鳥山夫妻之間情況的人已經寥寥無幾。縱令還有少數瞭解的人健在，也都失去了記憶。剩下的人，只有任憑鳥山的妻子隨便回憶了。大概不會有第三者認真地去追憶這些事了吧。

信吾也曾參加過六、七個同學的聚會，一談到鳥山的往事時，都沒有人願意認真去追憶。只是一笑置之。其中一個男的談及一些往事，也只是興致勃然地諷刺和誇張，僅此而已。

當時參加聚會的人，有兩位比鳥山先逝了。

現在信吾心想：鳥山的妻子為什麼要虐待鳥山呢？鳥山為什麼又會受到妻子虐待？恐怕連當事人鳥山和他的妻子都不甚了了吧。

鳥山帶著不明不白奔赴黃泉了。遺下的妻子也會覺得這些已成過去，成為對手鳥山不在人世的過去了。鳥山的妻子也會帶著不明不白而告別人間的。

據說，那位在同學聚會上談及鳥山往事的男人家裏，收藏著四、五張傳世的古老能劇面具，鳥山到他家時，他拿出來讓鳥山欣賞，鳥山長時間一動也不動地觀看著。據這個男的說，鳥山初次觀看，對能劇面具並不怎麼感興趣，恐怕只因回不了家，為了消磨時間才來的吧。因為他妻子入睡以前，他是沒辦法回家的。

眼下信吾思忖：一個年過半百的一家之主，每天晚上這樣徘徊街頭，是在沉思什麼吧。

擺設在遺體告別會上的鳥山照片，可能是當官時過新年或什麼節日上拍攝的，身穿禮服，有一張溫和的圓臉。可能經過照相館修飾了，看不見有什麼陰影。

鳥山這副溫和的容貌顯得很年輕，和站在靈柩前的妻子很不相稱。只能認為是妻子被鳥山折磨得衰老了。

鳥山的妻子個子矮小，信吾俯視著她那已經斑白的髮根。她微微地耷拉著一邊肩膀，面容非常憔悴。

鳥山的兒女以及可能是他們的愛人，並排站在鳥山的妻子身旁。信吾沒有留意看他們。

信吾守候在寺廟門口，打算遇見舊友，就問一句「你家情況怎麼樣？」倘使對方反問同樣的話，他就想這樣回答：「總算湊合，至少到目前還平安無事，只是不湊巧，女兒家和兒子家還安定不下來。」

就算彼此推心置腹地表白一番，可是彼此也都無能為力。也不願多管閒事。頂多只是邊走邊聊，直到電車站就分手。

就是這點，信吾也渴望得到。

「就說鳥山吧，他已經死了，什麼受妻子虐待這類事不是全都無影無蹤了嗎？」

「鳥山的兒女家庭美滿和睦，這也是鳥山夫婦的成功吧。」

「現今，父母對子女的婚姻生活究竟應該負多大的責任呢？」

信吾喃喃自語，本想向老同學傾訴一番，可不知怎的，瞬間竟不斷地浮現在他的心頭。

成群的麻雀在寺廟大門的屋頂上啁啾鳴囀。

牠們劃出了一個弓形飛上房頂，又劃出一個弓形飛走了。

## V

從寺廟返回公司，早已有兩個客人在那裏等候了。

信吾讓人從背後的櫥櫃裏把威士忌拿出來，倒進紅茶裏。這樣對記憶力多少也有點幫助。

他一邊接待客人，一邊回想起昨天早晨在家裏看見的麻雀。

麻雀就在後山山麓的狗尾草叢中。牠們在啄食狗尾草的穗兒。牠們是在啄狗尾草的穗兒呢，還是在吃蟲子？信吾正在思索，忽然發現原來以為是麻雀群，其中還混雜著黃道眉呢。

麻雀和黃道眉混在一塊兒，信吾更留神觀看了。

六、七隻鳥從這棵穗飛到另一棵穗，鬧得狗尾草的穗兒搖曳不止。

三隻黃道眉比較老實，很少飛來飛去。不像麻雀那樣慌慌張張。

從黃道眉翅膀的光澤和胸毛的色彩來看，可以認定牠們是今年的鳥。麻雀身上像是沾滿了灰塵。

信吾當然喜歡黃道眉。正像黃道眉和麻雀的鳴聲不同，反映出牠們的性格不同一樣，牠們的動作也顯示出牠們性格的差異。

信吾久久地觀望牠們，心想：麻雀和黃道眉是不是在吵架呢？

然而，麻雀歸麻雀，牠們互相呼應，交錯飛來飛去。黃道眉歸黃道眉，牠們相互依偎、難分難捨，自然形成鳥以群分，偶爾混在一起，也沒有吵架的跡象。

信吾折服了。時值早晨洗臉的時分。

大概是剛才看到廟門上的麻雀才想起來了吧。

信吾送走客人，把門扉關上，轉身就對英子說：

「喂，帶我到修一那個女人的家裏去吧！」

和客人談話的時候，信吾就想著這件事。在英子來說，卻是來得意外。

英子滿臉不悅，「哼」了一聲，一副不情願的樣子。可她很快又露出沮喪的神色，用生硬的聲音冷漠地說：

「去做什麼？」

「我不會給妳添麻煩的。」

「您要去見她嗎？」

信吾並不想今天就去見那個女人。

「等修一回來後，再一起去不行嗎？」英子沉著地說。

信吾覺得英子是在冷笑。

上車以後，英子一直緘口不語。

信吾覺得光是自己羞辱了英子、蹂躪了她的情感，心情就夠沉重的了。同時也羞辱了自己和兒子修一。

信吾不是沒有遐想過，趁修一不在家期間把問題解決算了。但是，他察覺到這是停留在空想上。

「我覺得，如果要談，就和她同居的女友談好囉。」英子說。

「就是那個文靜的女人嗎？」

「嗯。我請她到公司來好嗎？」

「是啊。」信吾含糊其辭地說。

「修一在她們家裏喝酒，喝得酩酊大醉，鬧得不可開交哩。還讓她唱歌，她用悅耳的聲音唱了，唱得絹子都哭了。把絹子都唱哭了，可見絹子很聽她的話吶。」

英子這種說法很巧妙，她說的絹子大概就是修一的情婦吧。
信吾不知道修一也會這樣發酒瘋。
他們在大學前下了車，拐進一條小巷子。
「如果修一知道這件事，我就沒辦法進公司去了；請您讓我辭職吧。」英子低聲地說。
信吾不禁一陣寒顫。
英子停下腳步。
「從那堵石牆旁邊繞過去，第四間掛了『池田』名牌的那家就是。她們都認識我，我就不去了。」
「給妳添麻煩了，今天就到此為止吧。」
「為什麼？都到跟前了……只要您府上能和睦相處，不是挺好嗎？」
英子的反抗，也讓信吾感到憎惡。

英子說的石牆，其實是一堵混凝土牆。庭院裏種植了一棵大紅葉。一繞過這戶人家的犄角，第四間便是掛了「池田」名牌的小舊房了。房子沒什麼特色。房門朝北，非常昏暗。二樓的玻璃門也關著，聽不見任何聲響。

信吾走過去。沒什麼值得注意的地方。

一走過去，他就洩氣了。

這戶人家究竟會隱藏著兒子什麼樣的生活呢？信吾認為這裡沒什麼值得自己貿然闖進去，也不會有什麼收獲。

信吾從另一條路繞了過去。

英子已經不在剛才的地方了。信吾走到之前下車的大街上，也沒有找到英子。

信吾回到家裏，發現菊子的臉色很難看。

「修一順便去公司一趟，一會兒就回來。趕上個好天氣，太好了。」信吾說。

信吾疲憊不堪，早早就鑽進了被窩裏。

「修一向公司請了幾天假呢？」保子在飯廳裏問道。

「哦，我可沒問。不過，只是把房子接回家來，頂多兩、三天吧。」信吾在被窩裏回答。

「今天，我也跟著幫忙，請菊子把棉被都絮好了。」

信吾心想：房子將帶著兩個孩子回到家裏來，往後菊子又得操勞了。

他一想到要是讓修一另立門戶，腦海中就浮現在本鄉看見的修一情婦的家。

信吾還想起英子的不情願。英子雖然每天都在信吾身邊，可信吾從未見過英子那樣強烈的反應。

菊子的強烈反應，大概還沒有表現出來吧。保子曾對信吾說：她生怕爸爸為難，也就不敢吃醋。

很快就進入夢鄉的信吾被保子的鼾聲驚醒了。他捏住保子的鼻子。

保子彷彿早就醒了似的說：

「房子還是會拎著包袱回家來吧。」

「可能吧。」

談話到此中斷了。

# 海島的夢

I

野狗在地板底下下崽了。

「下崽」這種說法，有點冷漠。不過，對信吾一家來說，的確如此。因為那隻野狗是在全家人都不知情的狀況下，在地板底下下崽的。

「媽媽，昨日和今天阿照都沒來，是不是下崽了？」七、八天前，菊子在廚房裏對保子這麼說過。

「難怪沒見牠的影兒呢。」保子漫不經心地回答。

信吾把腿腳伸在被爐裏，沏了一杯玉露茶。從今年秋上，信吾養成了每天早晨喝玉露茶的習慣，而且都是自己動手沏茶。

菊子一邊準備早餐，一邊說阿照的事，她的話也就談到這裏。

菊子跪坐下來，把一碗醬湯端到信吾面前。這時，信吾斟了一杯玉露茶，說：

「喝一杯吧。」

「好，我這就喝。」

這是破例的作法，菊子一本正經地席地而坐。

信吾望著菊子說：

「腰帶和外褂上都是菊花圖案呀，盛開菊花的秋季過去了。今年，房子的事鬧得連菊子的生日都給忘了呀！」

「腰帶上的圖案是四君子嘛，全年都可以繫的。」

「什麼叫四君子？」

「梅蘭菊竹唄……」菊子爽朗地說。

「爸爸您只需看看就明白了。畫冊也有，和服也常常用呢。」

「那圖案多麼貪婪啊！」

菊子放下了茶碗，說：

「真好喝啊！」

「喏，喏，不記得是誰家了，作為香奠的回禮送來了玉露茶，我才又喝起茶來。從前喝了不少玉露茶哩。家裏是不喝粗茶的。」

這天早晨，修一先進公司去了。

信吾在門廳一邊穿鞋，一邊竭力追憶作為香奠的回禮、送來玉露茶的朋友名字。其實問問菊子就知道，他卻沒詢問，因為，這朋友是帶著一個年輕女子到溫泉旅館去，在那裏猝逝的。

「的確，阿照沒來。」信吾說。

「是啊，牠昨日和今天都沒來。」菊子答道。

有時候，阿照聽到信吾要出門，就會繞到門廳，跟著信吾走到大門外。

信吾想起前些日子，菊子還在門廳撫摸過阿照的腹部。

「鼓鼓的，令人毛骨悚然呀。」菊子雙眉顰蹙，彷彿是在探摸胎兒。

「有幾隻？」

阿照用莫名的白眼瞥了菊子一眼，爾後躺在一旁，腹部朝上。

阿照的腹部，並沒有鼓得像菊子所說那樣令人毛骨悚然。皮稍薄的腹部下方呈粉紅色。乳根等地方滿是汙垢。

「有十個乳房嗎？」

菊子這麼一說，信吾也就用眼睛數了數狗的乳房。最後面的一對很小，像是乾癟了。

阿照是有飼主的，脖頸上套著一塊名牌。大概飼主沒有好好餵養，就變成了野狗。牠常在飼主附近的別家廚房門口打轉。菊子早晚餐多做一點，將殘羹剩飯給阿照一份。從此以後，阿照待在信吾家的時間就多起來。夜半常常聽見牠在庭院裏吠叫，不免讓人感到阿照似乎總待信吾家。菊子卻沒有認為牠是自家的狗。

再說，每次下崽，牠總是回到飼主家裏。

菊子說的牠昨日和今天都沒來，大概指這次牠也是回到飼主家裏下崽了吧。回到飼主家下崽，信吾不知怎的，總覺得可憐。

這次狗是在信吾家的地板下面下崽的。時過十天，誰也沒有發覺。

信吾和修一一起從公司回到家裏，菊子就說：

「爸爸，阿照在咱家下崽了。」

「是嗎。在哪兒？」

「在女傭房間的地板底下。」

「唔。」

如今沒有雇傭女傭，三鋪席寬的女傭房間用作貯藏室，放置雜物。

「看見阿照走到女傭房間的地板底下，我就去偷看，好像有狗崽吶。」

「唔。有幾隻？」

「黑魆魆的，看不清楚。是在最裏面。」

「是嗎。是在咱們家下崽的嗎？」
「這之前，媽媽說她發現阿照有點異常，總在貯藏室周圍來回打轉，像是在刨土。原來牠是在找地方下崽。要是給牠放些稻草，牠就會在貯藏室裏生產。」
「狗崽子長大，就麻煩囉。」修一說。
阿照在自己家裏下崽，信吾雖懷有好意，可腦海裏一浮現這些狗崽子不好收拾便把牠扔掉的情景，就又覺得厭煩起來。
「聽說阿照在咱家下崽了？」保子也說。
「聽說是。」
「是在女傭房間的地板底下吧。只有女傭房間沒有人住，阿照可能也考慮到了。」
保子依然把腿腳伸在被爐裏，微皺雙眉，仰視了信吾一眼。
信吾也把腿腳伸進被爐裏，喝罷粗茶，對修一說道：

「哦，以前你說過谷崎要給我們介紹的女傭，現在怎麼樣啦？」

信吾又自斟了第二杯粗茶。

「爸爸，那是菸灰缸。」修一提醒說。

信吾誤把茶斟進菸灰缸裏了。

## II

「我終於爬不上富士山了，老矣！」信吾在公司裏嘟噥了一句。

這句話是突然冒出來的，他覺得滿有意思，嘴裏就又反覆嘟噥了幾句。

也許是昨夜夢見松島[10]，才冒出這句話來的吧。

信吾沒去過松島，竟然夢見松島，今早他覺得有點不可思議。

信吾這才察覺到，到了這把年紀，自己還不曾去觀賞過日本三景中的松島和天橋立[11]。因公出差九州，中途下車去看安藝的宮島[12]，那是在過了遊覽季節的一個冬天了。

一到清晨，夢只殘留下片斷的記憶。不過，島上松樹的色彩、海的色彩卻鮮明地留落下來。那裏就是松島的這個印象也很明晰。

在樹蔭下的草地上，信吾擁抱著一名女子。他們膽怯地躲藏著。兩人好像是離伴而來。女子非常年輕，是個姑娘。自己的年紀已經不清楚了。從與這個女子在松樹叢中奔跑的情形看來，信吾應該也很年輕。他擁抱著女子，感受不到年齡的差距。信吾就像年輕人那樣做了。但是，也不覺著自己變得年輕，也不覺著這是往事。如今信吾已是六十二歲，夢中卻是個二十多歲的樣子。這就是夢不可思

---

10 松島，位於日本宮城縣松島內外，共有大小兩百六十多個島群。

11 天橋立，即京都府宮津灣的砂洲。

12 宮島，即嚴島，位於廣島灣西南，也是日本三景之一。

議之處。

夥伴的汽艇遠遠地駛去了。一名女子獨自站在這艘汽艇上，頻頻地揮動手帕。在海色的襯托下，手帕的白色，直至夢醒還留下鮮明的印象。信吾和女子兩人單獨留在小島上，卻絲毫也沒什麼惶惶不安的感覺。信吾看見海上的汽艇，可他總認為從汽艇上並看不見他們躲藏的地方。

就在夢見白手絹的地方醒了過來。

清早一覺醒來，不知道夢見的那個女子是誰。姿影已了無印象。連觸感也沒有留下。只有景物的色彩依舊鮮明。那裏為什麼是松島？為什麼會夢見松島？這也不得而知。

信吾沒見過松島，也沒坐汽艇到過無人的小島上。

信吾本想探問家裏人，夢中夢見顏色是不是神經衰弱的表現，可他欲言又止。他覺得做了擁抱女子的夢，這怪討厭的，只是，夢見如今自己變得年輕，倒是合情合理，很自然。

夢中的時間是不可思議的。它使信吾得到某種慰藉。

信吾心想，倘使知道那名女子是誰，這種不可思議就可以迎刃而解吧。在公司裏，他一支接一支不停地抽著香菸。這時，傳來了輕輕的敲門聲。門扉打開了。

「早安！」鈴木走進來。

「我以為你還沒來呢。」

鈴木摘下帽子，掛在那裏。英子趕緊起身，準備接過他的大衣，可他沒有脫大衣，就落坐在椅子上。信吾望著鈴木的禿頭，覺得滑稽可笑。耳朵上的老人斑也增多了，顯得很骯髒。

「一大早的，有何貴幹？」

信吾忍住笑，望了望自己的手。根據季節，信吾的手從手背到手腕也時隱時現一些老人斑。

「完成了極樂往生的水田……」

「啊，水田。」信吾回想起來了。

「對，對，作為水田的香奠回禮，我領受了玉露茶，這才恢復喝玉露茶的習慣。送給我的是上等玉露茶啊。」

「玉露茶固然好，極樂往生更令人羡慕。我也聽說過那樣的死法，但水田不願意那樣死。」

「唔。」

「不是令人羡慕嗎？」

「像你這號人又胖又禿，大有希望哩。」

「我的血壓並不太高。聽說水田就怕腦溢血，不敢一人在外過夜吶。」

水田在溫泉館裏猝逝。在葬禮的儀式上，他的老朋友們都在悄悄議論鈴木所說的極樂往生一事。不過，不能說水田是帶著年輕女子住旅館，就推測水田的死是極樂往生。怎麼能那樣推測呢?事後想想，有點蹊蹺。但是，當時大家都有一顆好奇的心，都想知道那個女子會不會來參加葬禮。有人說，這女子肯定會終生難過。也有人說，倘使這女子真心愛這男人，這也是她的本願吧。

現在六十多歲的這一夥人，大都是大學的同屆同學，他們用書生的語言海闊天空地胡說了一通。信吾認為這也是老醜的一種表現。如今他們彼此仍以學生時代的綽號或暱稱相稱。這不僅是彼此瞭解對方年輕時代的往事，有著一種親切的懷念感情，同時也摻雜著一種老朽的、利己主義的人情世故——這些就令人討厭了。水田把先走一步的鳥山當作笑話，如今別人也把水田的死作了笑柄。

參加葬禮的時候，鈴木執拗地談論極樂往生。信吾想像他如願以償、實現了這種死法的情景，就不寒而慄。

「這把年紀，也未免太不像樣了。」

「是啊。像我們這些人，也不會再做女人的夢啦。」鈴木也平心靜氣地說。

「你爬過富士嗎？」信吾問道。

「富士？富士山嗎？」

鈴木露出詫異的神色。

「沒爬過。這是什麼意思？」

「我也沒爬過。結果沒爬過富士山，人就老了。」

「你說什麼？莫非有什麼猥褻的意思嗎？」

「別胡說。」信吾忍不住笑了起來。

英子把算盤放在靠房門口的桌子上，她也竊竊地笑了。

「這樣看來，沒爬過富士山，也沒觀察過日本三景就了結一生的人，出乎意料地多啊。日本人當中，爬過富士山的占百分之幾呢？」

「這個嘛，恐怕不到百分之一吧。」

鈴木又把話題拉了回來。

「可話又說回來，像水田這樣幸運的人，恐怕是幾萬人中之一，甚至幾十萬人中之一囉。」

「這就像中彩票。不過，遺屬也不會高興吧。」

「唔，其實，我就是為了他的遺屬而來。水田的妻子來找我。」鈴木言歸正傳。

「託我辦這件事，」鈴木邊說邊將桌上的小包裹解開。

「是面具，能劇的面具。水田的妻子希望我把它買下來，所以我想請你幫忙看看。」

「面具這玩藝兒，我不識貨啊。如同日本三景，雖然知道是在日本，自己還沒有看過呢。」

有兩個裝面具的盒子。鈴木從口袋裏將面具拿了出來。

「據說這個叫慈童[13]，這個叫喝食[14]。兩個都是兒童面具。」

「這是兒童？」

信吾拿起喝食面具，抓住穿過兩邊耳孔的紙繩，觀賞起來。

「上面畫了劉海，是銀杏型。這是舉行元服[15]前的少年。還有酒窩呢。」

「嗯。」

信吾很自然地把兩隻胳膊伸得筆直，然後對英子說：

「谷崎君，請把那兒的眼鏡遞給我。」

「不，你呀，這樣就行了。能劇面具嘛，據說觀賞的時候，要把手抬高一點；按我們老花眼的距離，應該說這樣正合適。再說，面具眼睛朝下看，面帶愁容……」

「很像某個人。很寫實。」

鈴木解釋：人們說面具眼睛朝下、面帶愁容，表情顯得憂鬱；眼睛朝上、面前生輝，表情就顯得明朗。讓它左右活動，據說是表示心潮起伏。

「很像某個人吶。」信吾又嘟噥了一句。

「很難以為是個少年，倒像是青年哩。」

「從前的孩子早熟。再說，所謂童顏，在能劇裏顯得滑稽。仔細地瞧，是個少年吶。慈童，據說是個精靈，象徵永恆的少年。」

信吾按鈴木所說，活動慈童的面具，欣賞了一番。

慈童的劉海是河童16的童髮型。

「怎麼樣？買下來吧？」鈴木說。信吾將面具放在桌上。

「人家拜託你，你就買下吧。」

「嗯。我已經買了。其實水田的老婆帶來了五具，我買了兩具女面具，另一

13 慈童，日本能劇的面具之一，象徵品格高尚的少年的面具。
14 喝食，日本能劇的面具之一，象徵英俊青年的面具。
15 元服，日本男子成人時的冠服。
16 河童，日本的一種想像的動物，水陸兩棲，形似幼兒。

具硬塞給了海野，剩下就拜託你啦。」

「什麼？是剩下的？自己也留女面具，也未免太任性啦。」

「女面具好嗎？」

「就是好也沒有了。」

「那麼，把我的帶來也可以啊。只要你買，就是幫了我的大忙。水田是那樣的死法，我一看到他妻子的臉，就不由地覺得她太可憐，無法推辭啊。據說，這兩具面具的做工要比女面具好。永恆的少年，不是挺好的嗎？」

「水田已經走了。鳥山在水田那裏曾長時間地觀察過這具面具，如今鳥山也先於我們辭世了。看著它，心裏不好受啊。」

「慈童面具是永恆的少年，不是很好嗎？」

「你參加過鳥山的告別式了？」

「當時有別的事情，就先告辭了。」

鈴木站起身。

「那麼，好歹存放在你這兒，慢慢欣賞吧。你若是不中意，發落給誰都可以。」

「中意不中意都與我無緣。這具面具相當不錯，讓它脫離能劇，死藏在我們這兒，豈不使它失去了生命嗎？」

「嘿，無所謂。」

「多少價錢？很貴嗎？」信吾追問了一句。

「唔，為了備忘，我讓水田夫人寫下了，寫在細繩上呢。大概就是那個數字，還可以便宜一點吧。」

信吾架上眼鏡，剛攤開紙繩，眼前的東西變得清晰的時候，他看出描畫慈童面具的描線和嘴唇美極了。他差點驚叫出聲。

鈴木離開房間之後，英子馬上走到桌旁來。

「漂亮吧？」

英子默默地點了點頭。

「妳戴上試試好嗎？」

「唷，讓我戴，豈不滑稽可笑嗎。再說，我穿的又是洋裝。」英子說。可是，信吾一把面具拿走，英子自己又將面具戴在臉上，將繩子繞到腦後給繫好。

「妳慢慢動動看。」

「是。」

英子依然拘謹地站著，活動了面具的各種姿態。

「好極了，好極了。」信吾情不自禁地說。只要一動，面具就有了生氣。

英子身穿豆沙色洋服，波浪式的秀髮耷拉在面具兩旁、像要包圍過來，可愛極了。

「行了吧？」

「啊！」

信吾讓英子馬上去買能劇面具的參考書。

## III

喝食面具和慈童面具上都標記了作者的名字。經查閱書籍，知道它們雖不屬於所謂室町時代的古代作品，卻是僅次之的名人之作。頭一回親手拿起能劇面具來觀賞的信吾，也覺得這不像是贗品。

「唉呀，有點可怕。噯。」保子架起老花眼鏡，瞧著面具。

菊子竊笑起來。

「媽媽，那是爸爸的眼鏡，您戴合適嗎？」

「哦，戴老花眼鏡的人就是這麼邋裏邋遢的。」信吾代替保子答道。

「不論借誰的，大該都能湊合著用吧。」
原來保子用了信吾從衣兜裏掏出來的老花眼鏡。
「一般都是丈夫先老花的，而咱們家卻是老婆子大一歲呀！」
信吾神采飛揚。他和著大衣就把腿腳伸進了被爐裏。
「眼花了，最可憐的是看不清食物啊。端上來的菜要是燒得精細一點複雜一點，有時候就分不清下了什麼材料。開始老花的時候，端起飯碗來，覺得飯粒都是模模糊糊的，看不清是一粒粒的。實在乏味啊。」信吾邊說邊凝視著能劇面具。後來他才意識到，菊子已將自己的和服放在膝前，等候著自己更衣了。他還注意到今天修一也沒有回家。
信吾站著更衣，一邊俯視著擱在被爐上的面具。
今天有時候就這樣避免看菊子的臉。
打剛才起菊子就不願靠近、瞧能劇面具一眼，若無其事地在拾掇西裝。信吾心想：她之所以這樣，大概是因為修一沒有回家的緣故吧。想著，心頭掠過一道陰翳。

「總覺得有點害怕，簡直像個人頭。」保子說。

信吾又回到的被爐旁。

「妳覺得哪個好？」

「這個好吧。」保子立即回答，還拿起喝食面具說，「簡直像個真人。」

「哦，是嗎。」

信吾覺得保子這樣當機立斷，有點不盡興了。

「製作年代一樣，作者不同，都是豐臣秀吉時代的東西。」信吾說罷，把臉湊到慈童面具的正上方。

喝食是男性的臉，眉毛也是男性的。慈童有點接近中性，眼睛和眉毛之間很寬，眉毛像一彎典雅的新月，很像少女。

信吾從正上方把臉湊近它的眼睛，隨著那少女般潤澤的肌膚在自己的老花眼中變得朦朧、柔和，便生起一股人體的溫馨，彷彿面具是活生生地在微笑。

「啊！」信吾倒抽了一口氣。他把臉湊到離面具三、四寸近，只覺一個活著的女子在微笑。是美麗而純潔的微笑。

它的眼睛和嘴確實是栩栩如生。空洞的眼眶裏鑲嵌著黑色的瞳眸。老紅色的嘴唇水靈靈的，顯得特別可愛。信吾屏住呼吸，鼻子快要觸到它的時候，它烏黑的大眼珠子從下往下轉動，下唇肉鼓了起來。信吾幾乎要和它接吻了。他深深地吐出一口氣，把臉移開了。

臉一移開，簡直就像假的一樣。他深深地呼一口氣。

信吾悶聲不響，把慈童的面具裝進了袋子裏。這是紅地金線織花的錦緞袋子。信吾把喝食面具的袋子遞給保子。

「把它裝進去吧。」

信吾彷彿連這個慈童面具下唇的秘密也看到了。古典色澤的口紅，從唇邊往嘴角裏漸漸淡去；嘴微微張開，下唇裏側沒有成排的牙齒。那嘴唇猶如雪上的鮮花蓓蕾。

也許是信吾把臉靠得太近；幾乎和面具重疊，能劇面具才出現這種不應有的不正常狀態吧。也許連製作面具的人都想像不到。在能劇舞臺上，面具與觀眾保持適當的距離，就顯得最生動。然而，如今即使相距這般近，還是顯得最生動的。信吾尋思：莫非這就是製作面具的人愛的秘密嗎？

這是因為信吾本人感受到一種天國的、邪戀般的激動。而且面具之所以遠比人間女子更加妖豔，可能是由於自己老花眼的緣故吧。信吾忍俊不禁。

連續出現一系列怪事，諸如在夢中擁抱姑娘、對戴面具的英子覺著可憐、幾乎要跟慈童面具接吻等等——莫非自己心中有什麼在蠢蠢欲動？信吾落入了沉思。

信吾眼睛老花之後，未曾貼近過年輕女子的臉。難道老花眼中還有一種朦朧和柔和的妙趣嗎？

「這個面具嘛，就是作為香奠回禮、送玉露茶來的，喏，就是在溫泉旅館裏突然死去的水田的珍藏呀。」信吾對保子說。

「真可怕。」保子又重複了一句。

信吾在粗茶裏注入威士忌，喝了下去。

菊子在廚房裏切蔥花，準備吃家鯽魚火鍋。

## IV

歲暮二十九日晨，信吾一邊洗臉，一邊望著阿照。阿照領著一群狗崽朝向陽處走去。

狗崽都會從女傭房的地板底下爬出來了，可究竟是四隻或五隻還弄不清楚。菊子俐落地一把抓住剛爬出來的狗崽，抱進了屋裏。狗崽被抱起來以後，非常馴順。但一遇見人就逃到地板底下。這窩狗還不曾成群出動到院子裏來。所以，菊子有時說是四隻，有時說是五隻。

在朝陽的照耀下，這才弄清楚共有五隻狗崽。

那是在先前信吾看麻雀和黃道眉雜棲的同一座小丘腳下。這座小丘是當年挖防空洞躲避空襲、用挖出來的土堆成的，戰爭期間那裏也種過蔬菜。如今成了動物早晨曬太陽的地方。

黃道眉和麻雀在這裏啄食過狗尾草的穗兒。稀稀疏疏的狗尾草稈已經枯萎，但仍然以原有的剛強姿態屹立在小丘腳下，把土堆都遮住了。土堆上長著嬌嫩的雜草，阿照選中這兒。信吾佩服阿照這種聰慧。

人們起床之前，或者起床之後只顧忙著做早飯的時候，阿照已經把狗崽帶到最好的地方，一邊沐浴在和暖的朝陽下，一邊給狗崽餵奶。悠閒地享受著不受人們干擾的暫短時刻。起初信吾這樣想，他向這派小陽春的美景綻開了笑容。雖是歲暮二十九日，可鐮倉卻是小陽春的天氣。

仔細一瞧，五隻狗崽在擠來擠去地爭著母狗的奶頭，牠們用前腳掌壓住乳房，像抽水機似的把奶給擠出來。狗崽發揮了驚人的動物本能。或許阿照覺得狗崽都長大、可以爬上土堆，就不願意再給牠們餵奶了。所以，阿照要麼搖晃著軀體，要麼腹部朝下。牠的乳房，被狗崽的爪子抓出一道道紅色的傷痕。

最後阿照站了起來，掙脫開吃奶的狗崽，從土堆上跑了下來。一隻緊緊抓住奶頭不放的黑狗崽，和阿照一起從土堆上滾落。

狗崽從三尺高的地方掉下，信吾目瞪口呆。狗崽卻滿不在乎地爬了起來，一時呆立不動，嗅了嗅泥土的芳香，很快就又行走起來。

「咦？」信吾有點迷惑不解。這隻狗崽的模樣，好像是第一次看見，又好像是與以前見過的一模一樣。信吾久久地落入了沉思。

「哦，是宗達[17]的畫。」信吾喃喃自語。

「唔，真了不起啊。」

信吾只在圖片上看過宗達的水墨畫小犬圖。他記得畫的是類似圖樣化、玩具似的小犬。現在才體會到那是一幅多麼生動的寫實畫，也就驚異不已。倘使在眼前看見的黑狗崽身上再添上品格和優美，那麼就和那幅畫別無二致了。

信吾覺得喝食面具是寫實的，酷似某人，於是和宗達的畫連起來一起思索。

喝食面具製作者和畫家宗達是同時代的人。

用現在的話來說，宗達畫的是雜種狗崽。

「喂，來看啊。狗崽全出來了。」

四隻狗崽縮著小腳，戰戰兢兢地從土堆上爬了下來。

---

17 宗達即法權宗達（生卒年月不詳），日本江戶初期的畫家。

信吾盼望著，可是黑狗崽也好、別的狗崽也好，在牠們身上再也找不到宗達畫中小犬的神采了。

信吾尋思：狗崽成了宗達的畫中物，慈童面具成了現實中的女人，或者這兩種情況的兩種顛倒，也是一種偶然的啟示呢。

信吾把喝食面具掛在牆上，卻把慈童面具收藏在壁櫥裏，就像收藏什麼秘密似的。

保子和菊子都被信吾喚到洗臉間來觀看狗崽。

「怎麼！洗臉的時候你們沒發現嗎？」

信吾這麼一說，菊子把手輕輕地搭在保子肩上，一邊從後面窺視一邊說。

「早晨女人都比較著急，對吧，媽媽？」

「敢情。阿照呢？」保子說。

「狗崽像迷途的羔羊，也像棄兒，總是徘徊兜轉，又不知轉到哪兒去了。」

「把牠們扔掉，又不願意囉。」信吾說。

「兩隻已經有婆家了。」菊子說。

「是嗎？有人要了？」

「嗯。一家就是阿照的主家，他們說想要母的。」

「哦？阿照成了野狗，他們就想拿狗崽來頂替嗎？」

「好像是這樣。」

菊子接著又回答保子剛才的問題：

「媽媽，阿照可能到哪家要飯去了吧。」然後她對信吾解釋：「鄰居們說阿照很聰明，大家都沒有想到牠這樣聰慧吶。聽說，牠對街坊的開飯時間都瞭如指掌，按時過去，很有規律。」

「哦，是嗎。」

信吾有點失望。最近早晚都給牠飯吃，信吾以為牠會一直待在家裏，沒想到牠卻瞄準街坊開飯的時間出去了。

「準確地說，不是開飯時間，而是飯後收拾的時間。」菊子補充說。

「我遇見一些街坊，他們說聽聞這回阿照在府上下崽？他們還告訴我許多阿照的行蹤。爸爸不在的時候，街坊的孩子也來請我讓他們看看阿照的狗崽吶。」

「看來很受歡迎囉。」

「對、對，有位太太說了番滿有意思的話。她說，這回阿照到府上來下崽，府上定會添丁哩。阿照來催府上少奶奶呢。這不可慶可賀嗎？」保子說罷，菊子臉色緋紅，把搭在保子肩上的手抽了回來。

「唉呀，媽媽。」

「街坊的太太是這樣說的嘛，我只是轉述罷了。」

「哪有人把狗和人相提並論的呀。」信吾說。這句話也很不恰當。

但是，菊子抬起耷拉的臉，說：

「雨宮家的老大爺非常惦記阿照的事呢。他曾上咱們家來請求說：府上能不能把阿照要來飼養呢。話說得很懇切。我不知該怎麼辦才好。」

「是嗎。也可以考慮把牠要來嘛。」信吾回答。

「牠也就這樣到咱們家裏來了。」

所謂雨宮家，就是阿照飼主的鄰居，事業失敗後把房子賣掉，遷到東京去了。雨宮家原先住著一對寄食的老夫婦，幫他家幹點家務活兒。由於東京的房子狹窄，他們就把老夫婦留在鎌倉，租間房子住。街坊們都把這位老人叫作雨宮家的老大爺。

阿照和這位雨宮家的老大爺最親近了。老夫婦遷到租賃的房子住下後，老人還來看過阿照。

「我馬上按您說的去告訴老大爺，好讓他放心。」菊子說著，趁機走開了。

信吾沒瞧菊子的背影。他的視線追隨著黑狗崽而移動，發現窗邊的大薊草倒下了。花已凋零，從莖根折斷，但薊葉依舊綠油油的。
「薊草的生命力真強啊！」信吾說了一句。

# 冬櫻

I

除夕半夜下起雨來，元旦是個雨天。

從今年起改為按足歲計算，信吾六十一、保子六十二了。

元旦本想睡個早覺，可一大早就傳來了房子的女兒里子在走廊上跑動的聲音，把信吾驚醒了。

菊子已經起來了。

「里子，過來。我們去烤糯米糕好嗎？里子也來幫忙。」菊子說這番話，是想把里子叫到廚房裏，以免她在信吾的寢室走廊上跑動。里子壓根兒不聽，繼續在走廊上跑來跑去。

「里子、里子。」房子在被窩裏呼喊。里子連母親的話也不理睬。

保子也被驚醒了。她對信吾說：

「大年初一是個雨天喲。」

「唔。」

「里子起來了，房子即使繼續睡，菊子當媳婦的總得起來嘛。」

保子說到「總得」這個字眼時，舌頭有點不聽使喚。信吾覺得滑稽可笑。

「我也好幾年的元旦沒被孩子吵醒過了。」保子說。

「今後恐怕每天都會被吵醒的喲。」

「大概不至於吧。相原家沒有走廊，上咱們家來她可能覺著新鮮，才到處跑的吧。過些日子，習慣下來也就不跑了。」

「或許吧。這個年齡的孩子都喜歡在走廊上跑，跑步聲吧嗒吧嗒的，彷彿被地板吸住了。」

「因為孩子的腳很柔軟，」保子豎起耳朵來聽了聽里子的跑步聲，又說：

「里子今年該五歲了，可足歲變成三歲，總覺得好像是給狐狸迷惑了。我們嘛，六十四歲、六十二歲，變化都不大。」
「也不見得。出現件怪事哩。我出生月份比妳大，從今年算起，有一段時間是和妳同歲吶。從我的生日起到妳的生日止這段時間，我們不是同歲嗎？」
「啊，可不是嗎。」
保子也發現了。
「怎麼樣？是個大發現吧。這是一生的奇事吶。」
「是啊。可事到如今，同年又有什麼用。」保子嘟噥了一句。
「里子、里子、里子！」房子又呼喚起來。
里子大概跑夠了，又回到母親的被窩裏。
「瞧妳的腳，多冰涼呀！」傳來了房子的話聲。
信吾合上了眼睛。
良久，保子說：

「大家起床之前，讓孩子這樣跑跑也好。可是，大家一在，她有話也不說，只顧纏著媽媽了。」

這兩人莫非在尋找彼此對這外孫女的愛？

信吾起碼感到保子是在尋求自己的愛。

或許是信吾自己在尋找信吾自己呢？

走廊上又傳來了里子跑動的腳步聲。信吾睡眠不足，感到吵得慌，可他卻不生氣。

但是，他也不覺得外孫女的腳步聲很柔和。也許信吾確實是缺乏慈愛吧。

信吾沒發現里子奔跑的走廊木板套窗還沒打開，一片黑魆魆的。保子似乎很快就留意到了。這件事，也令保子覺得里子怪可憐的。

II

房子不幸的婚姻，在女兒里子的心靈上投下了陰影。信吾並不是不憐恤，許多時候他也焦急得頭痛。他對女兒失敗的婚姻，著實無能為力。

信吾簡直無所適從，他自己也很驚訝。

父母對於已經出嫁女兒的婚姻生活，可以施展的能力有限。從事態發展到不得不離婚這點來看，女兒自己也已無能為力了。

房子和相原離婚之後，帶著兩個孩子，把她接回娘家來，也無法解決問題。房子的心靈創傷無法治癒，房子的生活也無法建立起來。

女人婚姻失敗的問題，難道就無法可解了嗎？

就在房子離開相原之後，不是回娘家，而是到信州老家去了。老家發來電報，信吾他們才曉得房子從家中出走的原委。

修一把房子接回家裏來。

在娘家住了一個月，房子說了聲「我要找相原把話說清楚」，就出門去了。

儘管家裏人說過讓信吾或修一去找相原談談，可房子不聽，非要親自去不可。

保子說：如果去的話，把孩子留在家裏吧。

房子歇斯底里似的反駁說：「孩子怎麼處理還是一個問題吶，不是嗎？眼下還不知道孩子是歸我還是歸相原呢？」

她就這樣走了，再也沒回到家裏來。

不管怎麼說，這是他們夫婦間的事，信吾他們無法估計要等待多少時日，就這樣在不安穩的狀態中一日復一日地度過了。

房子仍然杳無音信。

莫非她打定主意，又回到相原那裏去嗎？

「難道房子要這樣糊裏糊塗地拖下去不成？」

保子的話音剛落，信吾接口答道：

「我們才糊裏糊塗拖下去吶，不是嗎？」兩人的臉上都布滿了愁雲。

就是這個房子，大年夜突然回到娘家裏來了。

「唉呀，妳怎麼啦！」

保子吃驚地望了望房子和孩子。

房子想把洋傘折起來，可雙手顫抖，傘骨彷彿折斷了一、兩根。

保子望著洋傘問道：

「下雨了嗎？」

菊子走過來，把里子抱起來。

保子正在讓菊子幫忙把燉肉裝在套飯盒裏。

房子是從廚房門走進來的。

信吾以為房子是來要零花錢，實際上並非如此。

保子擦了擦手，走進飯廳，站在那裏瞧了瞧房子，說：
「大年夜，相原怎麼讓妳回娘家來啦。」
房子不言語，直淌眼淚。
「嘿，算了。分明是緣份斷了嘛。」信吾說。
「是嗎？可哪有大年夜被趕出來的啊？」
「是我自己出來的。」房子抽噎著頂了一句。
「是嘛，那就好。正想讓妳回家過年，妳就回來了。我說話方式不好，向妳賠不是。嘿，這種事來年開春再慢慢說吧。」
保子到廚房裏去了。
保子的說話方式把信吾嚇了一跳。不過他也感受到話中流露出的母愛。
無論是對房子大年夜從廚房門走進娘家，還是對里子年初一大清早、在黝黑的走廊上跑來跑去，保子都立即寄予同情。就算這種同情心是好的，卻引起信吾的某種懷疑：這種同情心不是使信吾有所顧忌嗎？

元旦早晨，房子最晚起床。

大家一邊聽著房子的漱口聲，一邊等她來吃早餐。房子化妝又花了很長的時間。

修一閒得無聊，就給信吾斟了一杯日本酒，說：

「喝屠蘇[18]酒之前，先喝一杯日本酒吧。」他接著說，「爸爸也滿頭銀髮了。」

「哦，活到我們這把年紀，有時一天就增添許多白髮；豈止一天，眼看著就要變成花白哩。」

「不至於吧。」

「真的。你瞧。」信吾稍稍把頭探出去。

保子和修一一起瞧了瞧信吾的頭。菊子也一本正經地凝視著信吾的頭。

菊子把房子的小女兒抱在膝上。

III

菊子走到為房子和她的孩子另加的一個被爐那邊。

信吾和修一圍著這邊的被爐對酌對飲，保子把腿腳伸進被爐裏。

修一在家裏一般不怎麼喝酒，也許是元旦遇上雨天，也許是不知不覺地喝過量了，他彷彿無視父親的存在，一味地自酌自飲，眼神也漸漸改變。

信吾曾聽說這樣的事：修一在絹子家裏喝得酩酊大醉，還讓與絹子同居的那個女友唱歌，於是絹子哭了起來。現在看到修一那雙醉眼，就回想起這件事來。

「菊子，菊子。」保子呼喊：

「拿些蜜橘到這邊來。」

---

18 日本人新年喝的一種藥酒，傳說是沿用華佗的處方。

菊子拉開隔扇，把蜜橘拿了進來，保子就說：
「喂，到這兒來吧。瞧這兩個人悶聲不響，只顧喝酒！」
菊子瞥了修一一眼，有意把話題岔開，說：
「爸爸沒有喝吧。」
「不，我在思考爸爸的一生吶。」修一像是說別人壞話那樣嘟噥了一句。
「一生？一生中的什麼？」信吾問道。
「很朦朧。硬要作結論的話，那就是爸爸是成功呢，還是失敗？」修一說。
「誰知道呢，這種事……」信吾把話頂了回去。
「今年新年，小沙丁魚乾和魚肉卷的味道基本上恢復到戰前的水準了。從這個意義上說，是成功了吧。」
「您是說小沙丁魚乾加上魚肉卷嗎？」
「是啊。差不多就是這些玩意兒，不是嗎？倘使你稍稍考慮爸爸這一生的話。」

「雖說是稍稍考慮。」

「唔。平凡人的生涯就是今年也要活下去，以便能再見到新年的小沙丁魚和青魚子乾呀。許多人不是都死了嗎？」

「那是啊。」

「然而，父母一生的成敗，與兒女婚姻的成敗也有關聯，這就麻煩啦。」

「這是爸爸的實際感受嗎？」

保子抬起眼睛，小聲地說：

「別說了，元旦一大清早……房子在家裏吶。」又問菊子：

「房子呢？」

「姊姊睡覺了。」

「里子呢？」

「里子和她妹妹也睡了。」

「唷唷，母女三個都睡了嗎？」保子說著，臉上露出一副呆然的神色。一副老人的天真爛漫表情。

廳門打開了，菊子走過去瞧瞧；原來是谷崎英子來拜年。

「唷，唷，雨下這麼大妳還來。」

信吾有點驚訝，可這「唷，唷」顯得與方才保子的口氣很協調。

「她說她不進屋裏來了。」菊子說。

「是嗎？」

信吾走到門廳。

英子抱著大衣站在那兒。她穿著一身黑天鵝絨服裝，在修過的臉上濃妝豔抹，偏著腰身，更顯得這副姿影小巧玲瓏了。

英子有點拘謹地寒暄了幾句。

「下這麼大雨妳還來啊。我以為今天沒人會來，我也不打出去。外頭很冷，請進屋裏來暖和暖和。」

「是，謝謝。」

信吾無法判斷，英子不顧寒冷冒著大雨走來，讓人覺得她彷彿要訴說什麼似的，還是她真的有什麼要述說的？

不管怎樣，信吾覺得冒雨前來也是夠辛苦了。

英子並無意進屋。

「那麼，我乾脆也出去走走好囉。咱們一起走吧。進屋裡等一等好嗎？每年元旦，我照例只在板倉那裏露露面，他是前任經理。」

今天一大早，信吾就惦記著這樁事。他見英子來了，下定決心出門，便趕緊裝扮了一番。

信吾起身走向大門，修一一仰臉便躺倒下來；信吾折回來開始更衣後，他又坐了起來。
「谷崎來了。」信吾說。
「嗯。」
修一無動於衷。他並不想見英子。
信吾即將出門，這時修一才抬起臉來，視線追著父親的身影，說：
「天黑以前不回來可就……」
「哦，很快就回來。」
阿照繞到門口去了。
黑狗崽不知打哪兒鑽了出來，牠也模仿著母狗，在信吾之前走到了門口，搖搖晃晃，站立不穩。牠半邊身的毛都濡濕了。
「呀，真可憐。」
英子正想在小狗前蹲下來。

「母狗在我家產下五隻狗崽，已經有主了，四隻給要走了。」信吾說。

「只剩下這隻，可也有人要了。」

橫須賀線的電車空空蕩蕩。

信吾隔著車窗觀賞橫掃而來的雨腳，心情頓覺舒暢。心想：出來對了。

「往來參拜八幡神的人很多，電車都擠得滿滿的。」

英子點了點頭。

「對、對，妳經常是在元旦這天來。」信吾說。

「嗯。」

英子俯首良久，說：

「今後，即使我不在公司工作了，也讓我在元旦這天來拜年吧。」

「如果妳結婚了，恐怕就來不了啦。」信吾說：

「怎麼啦？妳來是不是有什麼話要說？」

「沒有。」

「別客氣，儘管說好了。我腦子遲鈍，有點昏聵了。」

「您說得那樣模糊。」英子的話很微妙，

「不過，我想請您允許我向公司提出辭呈。」

這件事，信吾已經預料到了，可一時還是不知如何回答才好。

「元旦一大早，本來不應該向您提出這種問題。」英子用大人似的口氣說。

「改天再談吧。」

「好吧。」

信吾情緒低落下來。

信吾覺得在自己辦公室裏工作了三年的英子，突然變成另一個女人似的。簡直是判若兩人了。

平常，信吾並沒有仔細地觀察過英子。對信吾來說，也許英子不過是個女職員罷了。

霎時間，信吾覺得無論如何也要把英子留下來。但是，並不是說信吾就能留住英子。

「妳會提出辭職，恐怕責任在我吧。是我讓妳帶我到修一情婦家裏去的，讓妳感到厭煩了。在公司裏跟修一照面，也難為情了吧？」

「的確是難堪啊。」英子明確地說。

「不過，事後想想，又覺得當父親的，這麼做也是理所當然。再說，我也很清楚，自己不好，不該叫修一帶我去跳舞，而且還洋洋自得，到絹子她們家裏去玩。簡直是墮落。」

「墮落？沒那麼嚴重吧。」

「我變壞啦。」英子傷心似的瞇縫著眼睛。

「假如我辭職了，為了報答您照顧的恩情，我會勸絹子退出情場。」

信吾十分震驚。也有點慚愧。

「剛才在府上門口見到少奶奶了。」

「是說菊子嗎？」

「是。我難過極了。當時就下定決心，無論如何也要去勸說絹子。」

信吾的心情變得輕鬆許多，感到英子彷彿也一樣。

或許，用這種輕巧的手法，也不是不能意外地解決問題。信吾忽然這樣想道。

「但是，我沒有資格拜託妳這麼做。」

「為了報答您的大恩，是我自願下決心這麼做的。」

英子用她的兩片小嘴唇在說大話。儘管如此，信吾怎麼也覺得自愧弗如。

信吾甚至想說：請妳別輕舉妄動，多管閒事！

但是，他似乎被英子為自己下定的「決心」打動了。

「有這麼一位好妻子，竟還……男人的心，不可理解啊。我一看見他和絹子調情，就覺得討厭。他和妻子再怎麼好，我也不會妒忌。」英子說。
「不過，一個女人不會妒忌別的女人，男人是不是覺得她有點美中不足呢？」
信吾苦笑了。
「他常說他的妻子是個孩子，是個孩子哩。」
「對妳這麼說的？」信吾尖聲問道。
「嗯。對我、也對絹子……他說，因為是個孩子，所以老父親很喜歡她。」
「真愚蠢！」
信吾忍不住望了望英子。
英子有點失措，說：
「不過，最近他不說了。最近他不談他妻子的事了。」
信吾幾乎氣得渾身發抖。
信吾意識到，修一指的是菊子的身體。

難道修一要新婚的妻子去當娼婦嗎？如此無知，真是令人震驚啊！信吾覺得這裏面似乎還存在著更可怕的、精神上的麻木不仁。

修一連妻子的事也告訴了絹子和英子，這種有失檢點的行為，大概也是來自這種精神上的麻木吧。

信吾覺得修一十分殘忍。不僅是修一，絹子和英子對待菊子也十分殘忍。難道修一感受不到菊子的純潔嗎？

信吾腦海裏浮現出身段苗條、肌膚白皙的么女菊子那張稚嫩的面孔來。

信吾也意識到由於兒媳婦的關係，自己在感覺上憎恨兒子，有點異常，但他卻無法抑制自己。

信吾憧憬著保子的姊姊。這位姊姊辭世後，他就娶了比自己大一歲的保子——自己這種異常，難道潛伏在自己的生涯中，才因此為菊子而憤怒嗎？

修一很早就有了情婦，菊子不知從何妒忌起了。但是，在修一的麻木殘忍影響下，不，也許反而因此喚醒了菊子身為一個女人的慾念。

信吾覺得英子是個發育不健全的姑娘，比菊子還差些。

最後，信吾緘口不語了。或許是自己某種寂寞的情緒，抑制住了自己的憤怒？

英子也默默無言，脫下手套，重新理了理自己的秀髮。

IV

一月中旬，熱海旅館的庭院滿園櫻花怒放。

這就是常說的寒櫻，從頭年歲暮就開始綻開。信吾卻感到自己彷彿處在另一個世界的春天裏。

信吾誤把紅梅看作紅桃花。白梅很像杏花或別的什麼白花。

進入房間之前，信吾已經被倒影在泉水裏的櫻花給吸引，他走向溪畔，站在橋上賞花。

他走到對岸去觀賞傘形的紅梅。

從紅梅樹下鑽出來的三、四隻白鴨逃走了。信吾從鴨子黃色的嘴和帶點黃的蹼上，也已感受到了春意。

明天要接待公司的客人，信吾是來這裏做準備工作的。辦好旅館的手續，也就沒什麼特別的事了。

他坐在廊道的椅子上，凝望著鮮花盛開的庭院。

白杜鵑也開了。

濃重的雨雲從十國嶺飄下來。信吾走進房間裏。

桌上放著兩只錶；一只懷錶、一只手錶。手錶快了兩分鐘。兩只錶很少走得一樣準確。信吾不時惦記著。

「要是總放不下心，帶一只去不就成了嗎？」保子這麼一說，他也就覺得有理，可這已是他長年的習慣了。

晚飯前下大雨，是一場狂風暴雨。

停電了。他早早便就寢。

一覺醒來，庭院裏傳來了狗吠聲。卻原來是倒海翻江般的風雨聲。

信吾的額上泌出了汗珠。室內沉悶，卻微帶暖意，恍如春天海邊的暴風雨，讓人感到胸口鬱悶。

信吾一邊深呼吸，忽地覺得一陣不安，好像要吐血似的。六十壽辰這年他曾吐過少量的血，後來安然無恙。

「不是胸痛，而是心裏噁心。」信吾自己嘟噥了一句。

信吾只覺得耳朵裏塞滿了討厭的東西，這些東西又傳到了兩邊太陽穴，然後停滯在額頭上。他揉了揉脖子和額頭。

恍如海嘯的是山上的暴風雨聲，又有一種尖銳的風雨聲蓋過這聲響、逼近過來。

這種暴風雨聲的深處，傳來了遠遠的隆隆聲。

是火車通過丹那隧道的聲音。對，信吾明白了。肯定是那樣。火車開出隧道的時候，鳴起笛來。

但是，聽到汽笛聲之後，信吾頓時害怕起來；他完全清醒了。

那聲音實在持續的太久。通過七千八百米長的隧道，火車只需七、八分鐘。火車駛進隧道對面的洞口時，信吾似乎就聽見了這聲音。火車剛一開進函南對面的隧道口時，旅館距這邊的熱海隧道口約七百多米遠，怎麼可以聽見隧道裏的聲音呢？

信吾腦袋裡確實感覺到這聲音，同時也感覺到這穿過黑暗隧道的火車。他一直感覺到火車從對面的隧道口駛到這邊的隧道口。火車從隧道鑽出來的時候，信吾才如釋重負。

然而，這是樁怪事。信吾心想：明天一早就向旅館的人打聽，或者給車站掛個電話、探詢一下。

信吾久久未能成眠。

「信吾！信吾！」信吾也聽到這樣的呼喚，既似夢幻又似現實。

只有保子的姊姊會這樣喊他。

信吾非常興奮似的，睜開了遲鈍的眼睛。

「信吾！信吾！信吾！」

這喚聲悄悄地傳到了後窗下。

信吾一驚，猛然轉醒。房後的小溪流水聲很響。還揚起了孩子們的喧囂聲。

信吾起身把房後的木板套窗都打開。

朝陽明晃晃的。冬天的旭日潑撒下恍如經過一陣春雨濡濕的暖和輝光。

七、八個去小學的孩子聚集在小溪對岸的路上。
剛才的呼喊聲，或許是孩子們互相叫喊的聲音吧。
但是，信吾還是探出身子，用眼睛探索小溪這邊岸上矮叢中的動靜。

# 早露

I

正月初一，兒子修一說過：爸爸也滿頭銀髮了。當時信吾回答：活到我們這把年紀，有時一天就增添許多白髮；豈止一天，眼看著就變花白哩。因為當時信吾想起了北本。

提起信吾的同學，現在大都已年過六旬，從戰爭期間直到戰敗後，命途多舛，淪落者不在少數。五十歲一代身居高職者摔得也重，一旦摔下來就難以重新站起來。這個年齡的人，也大多讓兒子在戰爭中死去。

北本就失去了三個兒子。公司的業務變成為戰爭服務的時候，他就成了一個派不上用場的技術員了。

「據說他在鏡前拔白髮，拔著拔著就瘋了。」

一個老朋友到公司拜訪信吾，談到了北本的這個傳聞。

「因為不上班，閒得慌，為瞭解悶，就拔起白髮來吧。起初，他家裏人看著也不當回事，甚至覺得他何必那麼介意呢……可是，北本每天都蹲在鏡前。前天剛拔掉的地方，第二天又長出了白髮；實際上白髮早已多得拔不勝拔了。隨著時間推移，北本待在鏡前的時候就更長了。每次看不見他的身影，他都一定是在鏡前拔白髮。有時即使離開鏡了、不在一會兒，他就又馬上慌裏慌張地折回來，一直拔下去。」

「那麼，頭髮怎麼沒給拔光呢。」信吾都快要笑起來了。

「不，不是開玩笑。是真的。頭髮一根也沒有了。」

信吾終於笑開了。

「瞧你，不是說謊呀！」友人跟信吾對看。

「據說北本拔白髮，拔著拔著，頭髮漸漸變白了：拔一根白髮，旁邊的兩、三根黑髮轉眼也變白了。就這樣，北本一邊拔白髮，一邊定睛注視著鏡中的自己，自己的白髮更多了。他那眼神是無法形容哩。頭髮也明顯變得稀疏了。」

信吾忍著笑問道：

「他妻子不說話，就聽任他拔下去嗎？」這位友人繼續一本正經地說：

「剩下的頭髮愈來愈少。據說僅存的少數頭髮也全白了。」

「很痛吧。」

「你是說拔的時候嗎？為了避免把黑髮拔掉，他格外專注，一根根地拔，並不痛。據醫生說，拔到最後，頭皮收縮，用手摸頭就會疼痛。沒有出血，拔禿了的頭卻紅腫起來。最後他被送進了精神病院。他在醫院裏把剩下僅有的頭髮也全拔光了。多麼可怕啊！固執得令人生畏哩。他不願老朽，想返老還童。他究竟是瘋了才開始拔白髮，還是白髮拔得太多了才瘋的，就不得而知了。」

「後來不是又好了嗎？」

「是好了。出現了奇蹟。光禿禿的腦袋上居然又長出毛茸茸的黑髮來。」

「你可真能編故事啊。」信吾又笑開了。

「是真事呀，老兄。」友人沒有發笑。

「常言說瘋子是沒有年齡的。如果我們也瘋了，也許能變得更年輕呢。」

友人望了望了信吾的頭。接著說：

「我這號人是無望了，你們大有希望啊。」

友人的頭幾乎全禿了。

「我也拔拔試試嗎？」信吾嘟噥了一句。

「拔拔試試，恐怕你沒有那股熱情拔到一根都不剩吧。」

「是沒有。我對白髮並不介意。也不想頭髮變黑乃至想到發瘋。」

「那是因為你的地位安穩，可以從萬人的苦難和災患的大海中嘩嘩地游過來。」

「你說得很簡單，猶如衝著北本說，與其去拔那拔不盡的白髮，莫如把髮染了更簡單一樣。」信吾說。

「染髮只是一種掩飾。有掩飾真相的念頭，我們就不會出現像北本那樣的奇蹟。」友人說。

「可是，你不是說北本已經去世了嗎？縱令出現如人們所說的那種奇蹟，頭髮變黑，返老還童也……」

「你去參加葬禮了嗎？」

「當時我並不知道。戰爭結束，生活稍安定以後才聽說的。即使知道了，那時空襲最頻繁，恐怕也不會到東京去。」

「不自然的奇蹟不會持久。北本拔白髮，也許是抵抗年齡的流逝、抵抗沒落的命運。不過，壽命看來又是另一回事。頭髮雖然變黑了，壽命卻不能延長。或許是倒過來：繼白髮之後又長出了黑髮，因而消耗了大量的精力，也許才因此縮短了壽命呢。但是，北本的拚死冒險，對我們來說也不是那麼毫無關聯。」友人搖搖頭，下了結論。他的頭都歇頂了，邊上毛髮簡直像一幅垂簾。

「最近，不論碰到誰都蒼蒼白髮了。戰爭期間，像我這樣的人頭髮並不怎麼白，可戰爭結束以後，明顯地變白了。」信吾說。

信吾並不完全相信友人的話，只當作加油添醋的傳聞，聽聽罷了。

然而，北本辭世的消息，也從別人那裏聽說了。這可是千真萬確。

友人走後，信吾獨自回想方才的那番話，心裡開始有種奇妙的想法：假如北本過世是事實，那麼他過世之前、白髮變成黑髮這件事，大概也是事實吧。假如長出黑髮來是事實，那麼長黑髮之前他瘋了，大概也是事實吧。假如瘋了是事實，那麼在瘋之前他把頭髮全拔光，大概也是事實吧。假如把頭髮拔光是事實，那麼照鏡子時他眼看著頭髮變白了，大概也是事實吧。這樣看來，友人的話豈不都是事實嗎？信吾不寒而慄了。

「忘了問他，北本死的時候是什麼模樣。頭髮是黑的呢，還是白的？」

信吾這麼說了一句，笑了。這話和笑都沒有發出聲音，只有他自己聽得見。就算友人的話都是事實，沒有誇張，可也帶有嘲弄北本的口氣吧。一個老人竟如此輕薄而殘酷地議論已故老友的傳聞，信吾總覺得不是滋味。

信吾的同學中，死法非同尋常的，就是這個北本，還有就是水田。水田帶著年輕女子去溫泉旅館，在那裏悴然長逝。去年歲暮，有人讓信吾買了水田的遺物能劇面具。他應徵谷崎英子到公司裏來，也是因為北本。

水田死於戰後，信吾可以去參加他的葬禮。北本死於空襲時期，這是後來才聽說的事。谷崎英子帶著北本的女兒開具的介紹信到公司裏來，信吾才知道北本的遺屬疏散到岐阜縣後，就一直待在那裏。

英子說，她是北本女兒的同學。但是，北本的女兒介紹這樣一個同學到公司來求職，信吾感到十分唐突。信吾沒見過北本的女兒。英子說她在戰爭期間也沒見過北本的女兒。信吾覺得這兩個女孩子都有點隨便。要是北本的女兒和北本的妻子商量此事，因而想起信吾，由她自己寫信來不就好了。

信吾對北本的女兒開具的介紹信，並不感到有什麼責任。

信吾一看見經介紹而來的英子，就覺得她體質單薄，似是個輕浮的姑娘。

但是，信吾還是聘請了英子，並安排在自己的辦公室裏。英子已經工作三年了。

三年的時光飛快流逝。後來信吾又想：英子怎麼有辦法繼續待下去呢。這三年裏，就算英子和修一一起去跳舞算不了什麼，可她甚至還出出進進修一情婦的家。信吾也曾經讓英子當嚮導，去看了那女人的家。

近來英子對這件事感到無比的苦惱，好像對公司也產生了厭倦。

信吾沒有跟英子談過北本的事。英子大概不知道友人的父親是瘋了之後死去的吧。或許她們之間的朋友關係，還沒有到彼此可以隨便造訪對方家庭的程度吧。

過去，信吾認為英子是個輕浮的姑娘。但是，從她引咎辭職這件事看來，信吾覺得英子也有些良心和善意。因為她還沒有結婚，這種良心和善意，使人感到很純潔。

II

「爸爸，您起得真早啊！」

菊子把自己準備洗臉的水放掉，又給信吾放了一臉盆新水。

血滴滴答答地滴落在水裏。血在水中擴散開，血色淡了。

信吾驀地想起自己的輕微咯血，他覺得那血比自己的血好看。他以為菊子咯血了。其實是鼻血。

菊子用毛巾捂住了鼻子。

「仰臉，仰臉。」信吾把胳膊繞到菊子的背後。菊子彷彿要躲閃似的，向前搖晃了一下。信吾一把抓住她的肩膀，往後拉了拉，一隻手按著菊子的前額，讓她仰起臉來。

「啊！爸爸，不要緊的。對不起。」

菊子說話的時候，血順著手掌一直流到胳膊肘。

「別動！蹲下去，躺下！」

在信吾的攙扶下，菊子就地蹲了下來，靠在牆壁上。

「躺下！」信吾重複了一遍。

菊子閉上眼睛，一動也不動。她那張失去血色的白臉上，露出一副恍如對什麼事物都死了心的孩子那種天真爛漫的表情。她劉海下淺淺的傷疤躍入信吾的眼簾。

「血止住了嗎？要是止住了，就回寢室休息去吧。」

「止住了。沒事。」菊子用毛巾揩了揩鼻子。

「我把臉盆弄髒了，馬上就給您洗乾淨。」

「嗯，不用了。」

信吾趕緊把臉盆裏的水放掉。他覺得血色彷彿在水底淡淡地溶化了。

信吾沒有使用臉盆，直接用手掌接過自來水，洗了洗臉。

信吾想把妻子叫醒幫一下菊子。

可轉念又想，菊子可能不願讓婆婆看見自己這副痛苦的模樣。

菊子的鼻血好像噴湧出來似的。信吾感到猶如菊子的痛苦噴湧而出。

信吾在鏡前梳頭的時候，菊子從他身邊經過。

「菊子。」

「嗯。」菊子回首應了一聲，直接走進了廚房。她手拿盛炭火的火鏟走過來。信吾看到火花爆裂的情景。菊子把這些用煤氣燒著了的炭火，添在飯廳的被爐裏。

「啊！」信吾自己也嚇了一跳，甚至呼喊出聲來了。他稀裏糊塗把女兒房子已經回娘家的事忘得一乾二淨。飯廳之所以昏暗，乃是因為房子和兩個孩子在貼鄰的房裏睡覺，房間沒有打開木板套窗。

找人幫菊子的忙，本來不用喚醒老伴，叫房子就行了，可他在考慮要不要把妻子叫醒的時候，腦袋裏怎麼也浮現不出房子的影子，這可有點奇怪。

信吾一把腿腳伸進被爐裏，菊子就過來給他斟上熱茶。

「還暈吧？」

「還有點兒。」

「還早吶，今早妳歇歇好了。」

「還是慢慢活動活動好。我出去拿報紙，吹吹冷風就好了。人們常說女人流鼻血，用不著擔心。」菊子用輕鬆的口吻說。

「今早也很冷，爸爸為什麼這麼早起來呢？」

「是為什麼來著？寺廟的鐘聲還沒敲響，我就醒了。那鐘聲無論冬天還是夏日，六點準敲響。」

信吾先起床，卻比修一晚去公司上班。整個冬天都是這樣。

午餐時間，信吾邀修一到附近的一家西餐廳用餐。

「你知道菊子的額頭有塊傷疤吧？」信吾說。

「知道啊。」

「大概是難產，醫生用夾子夾過的痕跡。雖說不是出生時的痛苦紀念，但菊子痛苦的時候，這傷疤似乎更加顯眼。」

「今早嗎？」

「是啊。」

「因為流鼻血，臉色不好，傷疤就顯出來了。」

不知什麼時候，菊子已把她自己流鼻血的事告訴修一了吧？信吾有點洩氣。

「就說昨天夜裏，菊子不是沒睡著嗎？」

修一緊鎖雙眉。他沉默良久，然後說道：

「對外來人，爸爸用不著這麼客氣嘛。」

「什麼叫外來人？不是你自己的老婆嗎？」

「所以我才說，您對兒媳可以用不著客氣嘛。」

「什麼意思？」

修一沒有回答。

III

信吾走進接待室，英子坐在椅子上，另一名女子站著。

英子也起身寒暄說：

「多日不見。天氣暖和起來了。」

「是啊，好久不見。有兩個月了。」

英子總顯得有點發胖，也是濃妝豔抹。信吾想起來了，有一回她和英子去跳舞的時候，曾覺得她的乳房頂多只有巴掌大。

「這位是池田小姐，過去曾跟您談過的……」英子一邊介紹，一邊流露出像是要哭的可愛眼神。這是她認真的習慣動作。

「哦，我叫尾形。」

信吾不能對這女子說：承蒙妳關照修一了。

「池田小姐不願來見您，她說她沒有理由來見您。她很不願意來，是我把她硬拉來的。」

「是嗎？」

信吾對英子說：

「在這兒好？還是到外面找個地方好呢？」

英子徵求意見似的望了望池田。

「我覺得在這兒就行了。」池田板著面孔說。

信吾心中有點張皇失措了。

英子說過要把與修一情婦同居的女子帶來見信吾，信吾卻置若罔聞。辭職兩個月之後，英子還要實現自己的諾言，這確實使信吾感到意外。

終於要攤牌談分手的事了嗎？信吾在等待池田或英子開口說話。

「英子嘮嘮叨叨的，我拗不過她，心想即使見了您也解決不了問題，可還是來了。」

毋寧說，池田的話帶著一種反抗的語調。

「不過，我之所以這樣來見您，是因為我之前也勸過絹子最好跟修一分手。再說，我覺得來見修一的父親，請他幫助、促使他們分手，這不是挺好的嗎。」

「嗯。」

「英子說您是她的恩人，她很同情修一的夫人。」

「真是位好太太。」英子插嘴說了一句。

「英子就是這樣對絹子說的。可是，現在的女人很少因為情夫有個好太太，就放棄自己的愛。絹子曾說：我還別人丈夫，誰還我在戰爭中死去的丈夫？只要丈夫能活著回來，哪怕他見異思遷、在外面找女人，我都讓他自由、隨他所好。她問我：池田，妳以為怎麼樣？丈夫在戰爭中死去，就說我吧，自然都會有這種想法的。絹子還說，丈夫去打仗，我們還不是一直在耐心地等待嗎？丈夫在戰爭中死了，她們怎麼辦？就說修一上我這兒來的事吧，既不用擔心他會死，我也不會讓他受傷，他還不是好好地回家了嗎？」

信吾苦笑了。

「太太無論怎麼好，她丈夫也沒有在戰爭中死去啊。」

「唷，這就是有點滿不講理了嘛。」

「是啊，這是她酒醉後的哭訴……她和修一兩人喝得爛醉，她讓修一回家對太太說：妳沒經歷過等待去打仗的丈夫歸來的滋味吧，妳等待的是肯定會歸來的丈夫嘛，不是嗎？就這樣說，好，你就對她這樣說。我也是一個戰爭寡婦，戰爭寡婦的戀愛，又有什麼不對呢？」

「這話怎麼講？」

「男人嘛，就說修一吧，也不該喝醉嘛。他對絹子相當粗暴，強迫她唱歌。絹子討厭唱歌，沒法子，有時只好由我來小聲唱唱。就是唱了，也不能使修一心情平靜下來，對左鄰右舍鬧得不像樣子……我被迫唱歌，也覺得受了侮辱，窩囊得很。可我又想到，他不是在耍酒瘋，而是在戰地養成的毛病。說不定修一在戰地的什麼地方也這樣玩弄女人吧。這樣一想，從修一的失態中，我彷彿看到了自己那位在戰爭中死去的丈夫在戰地上玩弄女人的樣子。我不由地一陣揪心，頭腦昏昏沉沉，在恍惚中產生一種錯覺，自己彷彿成了丈夫玩弄的那個女人，唱著下流的歌，然後哭泣了。後來我告訴絹子，絹子認為只有對自己的丈夫才會發生這種情況。也許是吧。後來每當我被修一逼著唱歌，絹子也跟著哭了……」

信吾覺得這很病態，沉下臉來。

「這種事，妳們要為自己著想，盡早不要這樣做啊。」

「是啊。有時修一走後，絹子深切地對我說：池田，再這樣下去就會墮落的啊！既然如此，和修一分手不是挺好嗎？可是，她又覺得一旦分手，往後可能會真的墮落了。大概絹子很害怕這點吧。女人嘛……」

「這點倒不必擔心。」英子從旁插話說。

「是啊。她一直在努力工作。英子也看見了吧。」

「嗯。」

「我這身衣服也是絹子縫的。」池田指了指自己的洋裝。

「技術大概僅次於主任剪裁師吧，她深受店家的器重，替英子謀職的時候，店家當場就同意任用了。」

「妳也在那店裏工作嗎？」

信吾驚訝地望著英子。

「是的。」英子點點頭，臉上微微飛起一片紅潮。

英子是靠修一的情婦才進了同一家商店的，今天她又這樣把池田帶來，英子的心情，信吾無法理解。

「我認為在經濟上，絹子並不會太麻煩修一。」池田說。

「當然是這樣囉。經濟問題嘛……」

信吾有點惱火，但話說半截又吞了下去。

「一看見修一欺侮絹子，我認真這麼說了。」

池田耷拉著頭，雙手放在膝上。

「修一畢竟也是負了傷回來的，是個心靈上的傷兵，所以……」池田仰起頭來，又說：

「不能讓修一另立門戶嗎？有時候我也這麼想，倘使修一和妻子兩個單獨過，他或許會和絹子分手。我也做了種種設想……」

「是啊。可以考慮考慮。」

信吾首肯似的回答了一句。儘管反駁了她的發號施令，但確實也引起共鳴。

IV

信吾對這個名叫池田的女子並無所求，所以他沒有作聲，只是聽著對方的述說。

就對方來說，信吾既不肯俯就，倘使不是推心置腹地商量，又何必來見面呢。可她竟談了這麼多話，她似是為絹子辯解，其實又不盡然。
信吾覺得是不是應該感謝英子和池田呢？
他並不懷疑、瞎猜這兩人的來意。
然而，大概信吾的自尊心受到損害了吧，歸途他順便去參加公司舉行的宴會，剛一入席，藝妓就附耳低聲說了些什麼。
「什麼？我耳背，聽不見啊。」信吾有點生氣，抓住藝妓的肩膀。旋即又鬆開了手。
「好痛！」藝妓揉了揉肩膀。
信吾拉長著臉。
「請到這兒來一下。」藝妓和信吾並肩走到廊道上。
十一點光景，信吾回到家裏，修一仍未到家。
「您回來了。」

房子在飯廳對面的房間裏，一邊給小女兒餵奶，一邊用一隻胳膊肘支著腦袋。

「啊，我回來了。」信吾望了望裏邊，

「里子睡著了？」

「嗯。她姊姊剛睡著。方才里子問：一萬圓和一百萬圓哪個多？啊？是哪個多呢？引得大家捧腹大笑呢。正說著外公一會兒回來，妳問外公好囉。說著她就睡著了。」

「唔，那是說戰前的一萬圓和戰後的一百萬圓吧。」信吾邊笑邊說。

「菊子，給我倒杯水來。」

「是。水？您喝水嗎？」

菊子覺得稀罕，站起身走開。

「要井水呀。不要加了漂白粉的水。」

「是。」

「戰前里子還沒出世，我也還沒結婚吶。」房子在被窩裏說。

「不管戰前、戰後，還是不結婚好啊。」

聽見後院井邊的汲水聲，信吾的妻子說：

「聽見壓抽水機發出的嘎吱嘎吱聲，覺得不冷了。冬天裏，為了給你沏茶，一大早菊子就嘎吱嘎吱地抽水井的水，在被窩裏聽見，都覺得冷吶。」

「唔。其實我在考慮是不是讓修一他們另立門戶呢。」信吾小聲地說。

「另立門戶？」

「這樣比較好吧？」

「是啊。要是房子一直住在家裏……」

「媽媽，要是他們另立門戶，我也要搬出去。」

房子坐起來。

「我搬出去，對吧。」

「這件事跟妳無關。」信吾冒出一句。

「有關，大有關係呀。相原罵我說：妳的脾氣不好，妳爸爸不喜歡妳。我頓時氣得都說不出話來了，我從來還沒有那樣窩囊呀。」

「喂，安靜點兒。都三十歲的人了。」

「沒有個安樂窩，能安靜得了嗎？」

房子用衣服遮掩她那露出豐滿乳房的胸部。

信吾疲憊似的站了起來。

「老太婆，睡吧！」

菊子將水倒進杯子，一隻手拿著一片大樹葉走過來。信吾站著把水一飲而盡，他問菊子：

「那是什麼？」

「是枇杷的嫩葉。在朦朧的月光下，我看到水井前面搖曳著灰白色的東西，心想那是什麼呢？原來是枇杷的嫩葉已經長大了。」

「真是女學生的興味啊！」房子挖苦了一句。

# 夜聲

I

信吾被一陣像是男人的呻吟聲給驚醒了。

是狗聲還是人聲，有點弄不清楚。起初信吾聽到是狗的呻吟聲。

他以為是阿照瀕死的痛苦呻吟。牠大概是喝了毒藥吧。

信吾的心突然悸動加速。

「啊！」他捂住胸口。彷彿心臟病發作似的。

信吾完全醒過來了。不是狗聲，是人在呻吟。是被卡住了脖頸、舌頭不聽使喚；信吾不寒而慄。是誰被人掐住了呢？

「聽啊，聽啊！」他聽見有人好像這樣呼喊。

是喉嚨噎住以後發出的痛苦呻吟。語音不清。

「聽啊，聽啊！」

像是快要被加害似的。大概是說聽啊，聽聽對方的意見和要求啊！門口響起人倒下的聲音。信吾聳聳肩膀，已經準備要爬起來。

「菊子，菊子！」

原來是修一在呼喊菊子的聲音。因為舌頭不聽使喚，發不出「菊子」[19]的音來。是酩酊大醉了。

信吾精疲力盡，頭枕枕頭休息了。心房還在繼續悸動。他一邊撫摩胸口一邊調整呼吸。

「菊子！菊子！」

修一不是用手敲門，彷彿是搖搖晃晃地用身體去碰撞門。

信吾本想喘一口氣再去開門，轉念又覺得自己起來去開門不太合適。

19日語「菊子」與「聽啊」發音近似。

看來是修一以充滿痛苦的愛情和悲哀呼喚著菊子。聽來像是不顧一切。是只有在極端疼痛和苦楚的時候，或者生命遭受危險威脅的時候，才會發出這種像幼兒在呼喚母親的稚嫩聲音，又像呻吟。也像從罪惡深淵發出的呼喊。修一用他那顆可憐的、赤裸裸的心在向菊子撒嬌。或許他以為妻子沒聽見，再加上幾分醉意，才發出這種撒嬌聲的吧。聽來也像在懇求菊子。

「菊子，菊子！」

修一的悲傷也傳染給了信吾。

哪怕是一次，自己曾以這種充滿絕望的愛情，呼喚過妻子的名嗎？恐怕自己也沒經歷過像修一一度在外地戰場有過的那種絕望吧。

要是菊子醒來就好了。於是，信吾豎起耳朵在傾聽。讓媳婦聽見兒子這種淒厲的聲音，他也多少有些難為情。信吾想過，假如菊子沒起來，就把妻子保子叫醒，可還是盡可能讓菊子起來好。

信吾用腳尖把熱水袋推到被窩邊上。雖是春天了，還使用熱水袋，才令心跳急促的吧。

信吾的熱水袋是由菊子負責的。

「菊子，灌熱水袋就拜託妳了。」信吾經常這麼說。

菊子灌的熱水，保暖時間最長。熱水袋口也關得最嚴實。

保子不知是固執呢還是健康，到這把年紀了，她還是不愛使用熱水袋。她的腳很暖和。五十多歲時，信吾還靠妻子的身體取暖，近年來才分開的。

保子從不曾把腳伸到信吾的熱水袋那邊。

「菊子！菊子！」又傳來了敲聲門。

信吾擰開枕邊的燈，看了看錶。快兩點半了。

橫須賀線的末班電車是凌晨一點前抵達鎌倉。修一抵達鎌倉後，大概又待在站前的酒鋪裏了。

方才聽見修一的聲音，信吾心想：修一結束與那個東京情婦關係的事，指日可待了。

菊子起來，從廚房裏走出去。

信吾才放下心，把燈熄滅。

原諒他吧！信吾彷彿在對菊子說。其實是在嘴裏喃喃自語。

修一像是雙手抓住菊子的肩膀走進來的。

「疼！疼！放手！」菊子說。

「你的左手抓住我的頭髮啦！」

「是嗎。」

兩人纏作一團倒在廚房裏了。

「不行！別動！……放在我膝上……喝醉了，腿腳腫了。」

「腿腳腫了？胡說！」

菊子像是把修一的腿腳放在自己的膝上，替他把鞋子脫了下來。

菊子寬恕他了。信吾不用操心了。夫妻之間，菊子也能這般寬容，毋寧說這時候也許信吾會感到高興呢。

也許菊子也清楚聽見了修一的呼喊呢。

儘管如此，修一是從情婦那裏喝醉才回來的，菊子還把他的腿腳抱起來放在自己的膝上，然後替他脫鞋，這使信吾感受到菊子的溫存。

菊子讓修一躺下之後，走去關廚房門和大門。

修一的鼾聲連信吾都聽見了。

修一由妻子迎進屋裏之後，很快就入夢了。剛才一直陪同修一喝得爛醉的絹子，這女人的處境又是怎麼樣呢？修一在絹子家裏一喝醉就撒野，不是把絹子都給弄哭了嗎？

何況，菊子儘管由於修一認識絹子而不時臉色刷白，可腰圍卻也變得豐滿了。

## II

修一的打鼾聲很快就停止了。信吾卻難以成眠。

信吾想道：難道保子打鼾的毛病也遺傳給了兒子嗎？

不是的。或許是今晚飲酒過量了吧。

最近信吾也沒聽見妻子的鼾聲。

寒冷的日子，保子依然酣酣入睡。

信吾夜裏睡眠不足，翌日記憶力更壞，就心煩意亂，有時陷入感傷的深淵之中。

或許信吾剛才就是在感傷中聽見修一呼喚菊子的聲音的。或許修一不僅是因為舌頭不聽使喚，而且是借著酒瘋來掩飾自己內心的羞愧呢。

透過含糊不清的話語，信吾感受到的修一的愛情和悲哀，只不過是信吾感受到自己對修一的期望罷了。

不管怎麼說，這呼喊聲使信吾原諒了修一。而且，覺得菊子也原諒了修一。信吾因而理解了所謂骨肉的利己主義。

信吾對待兒媳菊子十分溫存，歸根結底仍然存在著偏袒親生兒子的成分。

修一是醜惡的。他在東京的情婦那裏喝醉了回來，幾乎倒在自家門前。

假如信吾出去開門、皺起眉頭，修一也可能會醒過來吧。幸虧是菊子開門，修一才能抓住菊子的肩膀走進屋裏。

菊子是修一的受害者，同時也是修一的赦免者。

二十剛出頭菊子，跟修一過夫妻生活，要堅持到信吾和保子這把年紀，不知得重複寬恕丈夫多少次。菊子能無止境地寬恕他嗎？

話又說回來，夫妻本來就像一塊可怕的沼澤地，可以不斷地吸收彼此的醜行。不久的將來，絹子對修一的愛和信吾對菊子的愛等等，都會被修一和菊子夫婦的這塊沼澤地，吸收得不留形跡嗎？

信吾覺得戰後的法律，將家庭以父子為單位，改變以夫妻為單位，是頗有道理的。

「就是說，是夫婦的沼澤地。」信吾自言自語了一句。

「讓修一另立門戶吧。」

也許是年紀的關係，竟落下這樣的毛病：心中所想的事，不由自主地變成自言自語了。

「是夫婦的沼澤地。」信吾這句話乃至包含著這樣一層意思：夫婦倆單獨生活，必須相互容忍對方的醜行，使沼澤地深陷下去。

所謂妻子的自覺，就是從面對丈夫的醜惡行為開始的吧。

信吾眉毛發癢，用手揉了揉。

春天即將來臨。

半夜醒來，也不像冬天那樣令人厭煩了。

被修一的聲音攪擾之前，信吾早已從夢中驚醒了。當時夢境還記得一清二楚。可是，被修一攪擾之後，夢境幾乎都忘得一乾二淨。

或許是自己心臟的悸動，把夢的記憶都驅散了。

留在記憶裏的，就剩下一個十四、五歲少女墮胎的事，以及「於是，某某子成了永恆的聖女」這句話。

信吾在讀物語讀物。這句話是那部物語讀物的結束語。

信吾朗讀起物語讀物來，同時物語的情節也像戲劇、電影那樣，在夢中展現。信吾沒有在夢中登場，是完全站在觀眾的角度。

十四、五歲就墮胎，還是所謂的聖女，太奇怪了。而且，這是一部長篇物語。信吾在夢中讀了一部物語名作，那是描寫少年少女的純真愛情。讀畢，醒來時還留下幾分感傷。

故事是：少女不知道自己已有身孕，也沒想到要墮胎，只是一味情深地戀慕著被迫分離了的少年。這一點，是不自然的，也是不純潔的。

忘卻了的夢，日後也無法重溫。閱讀這部物語的感情，也是一場夢。

夢中的少女理應有個名字，自己也理應見過她的臉，可是現在只有少女的身材，準確地說，是矮小的身材，還留下朦朧的記憶。好像是身穿和服。

信吾以為夢見的少女，就是保子那位美貌姊姊的姿影，但又好像不是。

夢的來源，只不過是昨日晚報的一條消息。這條消息冠以如下的大標題：「少女產下孿生兒。青森奇聞（思春）。」內容是，「據青森縣的公共衛生處調查，縣內根據『優生保護法』進行人工流產者：其中十五歲的五人，十四歲的三人，十三歲的一人，高中生年齡從十六歲至十八歲的四百人，其中高中生占百分之二十。此外，初中生懷孕的：弘前市一人，青森市一人，南津輕郡四人，北津輕郡一人。還瞭解到，由於缺乏性知識，雖經專科醫生治療，仍然難免死亡者占百分之零點二，造成重病者占百分之二點五，招致了如此可怕的結果。至於偷偷讓指定醫生以外的人來處理以致死亡的生命（年幼的母親），更是令人寒心。」

分娩實例也列舉了四例。北津輕郡一個十四歲的初中二年級學生，去年二月突然陣痛，覺得要分娩，就產下孿生子。母子平安。現在年幼的母親在初中三年級走讀。父母都不知道女兒懷孕的事。

青森市十七歲的高中二年級學生，和同班男同學私訂終身，去年夏天懷了孕。雙方父母認為他們還是少年少女，就讓做了人工流產。可是，那個少年卻說：「我們不是鬧著玩，我們最近要結婚。」

這則新聞報導，使信吾受到刺激。成眠後就做了少女墮胎的夢。

然而，信吾的夢並沒有把少年少女看作是醜、是壞，而是作為純真愛情的故事，看作是「永恆的聖女」。他入睡之前，壓根兒就沒有想過這件事。
信吾受到的刺激，在夢中變得非常之美。這是為什麼呢？
也許，信吾在夢中拯救了墮胎的少女，也拯救了自己。
總之，夢竟表現了善意。
信吾反思：難道自己的善良在夢中覺醒了嗎？
難道自己在衰老之中搖晃的對青春的依戀，使自己夢見了少年少女的純真愛情？信吾陶醉在感傷中。
或許是這夢之後的感傷，信吾才首先帶著善意去傾聽修一那呻吟的呼喚，感受到了愛情與悲哀吧。

III

翌晨，信吾在被窩裏聽見菊子搖醒修一的聲音。

最近信吾常常早起，很是懊惱。愛睡懶覺的保子勸道：

「老不服老，早起會招人討厭的啊。」信吾也自覺比兒媳早起不好，他總是悄悄地打開門廳的門，取來報紙，又躺回被窩裏，悠悠地在閱讀。

好像是修一上洗臉間去了。

修一刷牙，大概將牙刷放在嘴裏不舒服吧，不時發出令人討厭的聲音。

菊子碎步跑進了廚房。

信吾起來了。他在走廊上遇見從廚房裏折回來的菊子。

「啊！爸爸。」

菊子駐步，險些撞個滿懷，她臉上微微染上了一片紅潮。右手拿著的杯子灑出了什麼。菊子大概是去廚房把冷酒拿來，用酒解酒，解修一的宿醉吧。

菊子沒有化妝，微帶蒼白的臉上緋紅了，眼睛滾溢了靦腆的神色，兩片沒抹口紅的薄唇間露出了美麗的牙齒。她羞怯地微微笑了笑。信吾覺得她可愛極了。

菊子身上還殘留著這樣的稚氣嗎？信吾想起了昨夜的夢。

然而，仔細想來，報紙報導的那般年齡的少女，結婚生子也沒什麼稀奇的。古時早婚，自然存在這種情況。

就說信吾自己吧，與這些少年同年齡時，已經深深地傾慕保子的姊姊了。

菊子知道信吾坐在飯廳裏，就趕忙打開那裏的木板套窗。

陽光帶著春意洩了進來。

菊子不禁驚訝於陽光的璀璨。她覺察信吾從後邊盯視著她，便倏地把雙手舉到頭上，將凌亂的頭髮束了起來。

神社的大銀杏樹還未抽芽。可是，不知為什麼，在晨光中，鼻子總嗅到一股嫩葉的芳香。

菊子很快打扮完畢，將沏好的玉露茶端了上來。

「爸爸，我上茶晚了。」

信吾醒來就要喝熱開水沏的玉露茶。水熱反而難沏。菊子最清楚怎麼掌握火候。

信吾心想：如果是未婚姑娘沏的茶，恐怕會更好吧。

「給醉漢端去解醉的酒，再給老糊塗沏玉露茶，菊子也夠忙的啦。」

信吾說了一句逗樂的話。

「哎喲！爸爸，您知道了？」

「我醒著啦。起初我還以為是不是阿照在呻吟吶。」

「是嗎。」

菊子低頭坐了下來，彷彿難以站起身似的。

「我呀，比菊子先被吵醒了。」房子從隔扇的另一邊說。「呻吟聲實在令人討厭，聽起來怪嚇人的。阿照沒有吠叫，我就知道肯定是修一。」

房子穿著睡衣，就讓小女兒國子叨著奶頭，走進飯廳裏。

房子的相貌不揚，可乳房卻是白白嫩嫩，非常的美。

「喂，瞧妳這副模樣，像話嗎。邋邋遢遢的。」信吾說。

「相原邋遢，不知怎的，我也變得邋裏邋遢了。嫁給邋遢的男人，還能不邋遢嗎？沒法子呀，不是嗎？」

房子一邊將國子從右奶倒換到左奶，一邊執拗地說：

「既然討厭女兒邋遢，當初就該調查清楚女婿是不是個邋遢人。」

「男人和女人不同嘛！」

「是一樣的。您瞧修一。」

房子正要去洗臉間。

菊子伸出雙手，房子順利將小女兒塞給了她。小女嬰哭了起來。

房子也不理睬，朝裏邊走去。

保子洗完臉後走了過來。

「給我。」保子把小外孫接過去。

「這孩子的父親不知有什麼打算，大年夜房子回娘家到今天都兩個多月了，老頭子說房子邋遢，可我們家老頭子在最關鍵的時候，不也是邋邋遢遢嗎？除夕那天晚上，你說：嘿！算了。分明是緣分斷了嘛。可還糊裏糊塗地拖延下去。相原也沒來說點什麼。」

保子望著手中的嬰兒說。

「聽修一說，你使喚的那個叫谷崎的孩子，是個半寡婦呢。那麼，房子也算是個離婚回娘家的人囉。」

「什麼叫半寡婦？」

「還沒結婚，心愛的人卻打仗死了。」
「戰爭期間，谷崎不還是個小女孩嗎？」
「虛歲十六、七了吧。會有心上人啦。」
信吾沒想到保子居然會說出「心上人」這樣的話來。
修一沒吃早飯就走了。可能心情不好。不過，時間也確實晚了。
信吾在家裏一直磨蹭到上午郵差送信來的時候。菊子將信擺在信吾面前，其中一封是寫給菊子的。
「菊子。」信吾把信遞給了菊子。
大概菊子沒看信封收件人的名字，就都拿來給信吾了吧。菊子難得收到信。她也不曾等過信。
菊子當場讀起信來，讀罷，她說：
「是朋友的來信。信中說她做了人工流產，術後情況不好，住進了本鄉的大學附屬醫院。」

「哦？」

信吾摘下老花眼鏡，望了望菊子的臉。

「是不是無執照的黑產婆給做的人工流產呢？多危險啊！」

信吾想：晚報的報導和今早的信，怎麼那樣巧合。連自己也做了墮胎的夢。

信吾感到某種誘惑，想把昨晚的夢告訴菊子。

然而，他說不出口，只是凝望著菊子，彷彿自己心中蕩漾著青春的活力，突然又聯想到菊子也懷孕了，她不是正想做人工流產嗎？信吾不禁愕然。

## IV

電車經過北鎌倉的谷地方時候，菊子珍奇地眺望著車窗外說：

「梅花盛開啦！」

車窗近處，植了許多梅花。信吾在北鎌倉每天都能瞧見，也就視若無睹了。過了盛開期，陽光下，白花也開始顯得黯淡。

「咱們家的院子裏不是也開花了嗎？」信吾說。那裏只種了兩、三株梅樹。他想，也許菊子今年是第一次看到梅花。

如同難得收到來信一樣，菊子也難得出一趟門。充其量步行到鎌倉街上去採購而已。

菊子要到大學附屬醫院去探望朋友，信吾就和她一起出門了。

修一的情婦家就在大學的前邊，信吾有點放心不下。

一路上信吾真想問問菊子是不是懷孕了。

本來這不是什麼難以啟齒的事，可信吾卻沒有把話說出來。

信吾沒有聽妻子保子談及女人生理上的事，已經好幾年了吧。一過更年期，保子就什麼都不說了。可能其後不是健康問題，而是月經絕跡的問題了。

保子完全沒有談及，信吾也把這件事忘卻了。

信吾想探問菊子，才想起保子的事來。

倘使保子知道菊子要到醫院婦產科，也許會叫菊子順便去檢查檢查。

保子跟菊子談過孩子的事。信吾也見過菊子很難過似的傾聽著的樣子。

菊子也肯定會對修一坦白自己的身體狀況。信吾記得：過去從友人那裏聽說過，向男人坦白這些事，對女人來說是絕對有需要的。如果女人另有情夫，讓她坦白這種事，她是會猶豫的。信吾很是佩服這句話。

親生女兒也不會對父親坦白這些。

迄今，信吾和菊子彼此都避免談及修一情婦的事。

假如菊子懷了孕，表明菊子受到修一情婦的刺激，變得成熟了。信吾覺得這種事真讓人討厭，人就是這樣子嗎？所以他感到向菊子探詢孩子的事，未免有點隱晦、殘忍。

「昨天雨宮家的老大爺來了，媽媽告訴您了吧？」

菊子冷不防地問道。

「沒有，沒聽說。」

「他說東京那邊願意扶養他，他是來辭行的。他要我們照顧阿照，還送來了兩大袋餅乾。」

「餵狗的？」

「嗯。大概是餵狗的吧。媽媽也說了，一袋人可以吃嘛。據說，雨宮的生意興隆，擴建了房子，老大爺顯得很高興哩。」

「恐怕是吧。商人快把房子賣掉，又快快蓋起新房，另起爐竈。我卻是十年如一日啊。只是每天乘坐這條橫須賀線的電車，什麼事都怕麻煩啦。前些日子，飯館裏有個聚會，是老人的聚會，都是些幾十年如一日、重複做著同樣工作的人，真膩煩啊，真疲勞啊。來迎的人不也該來了嗎。」

菊子一時弄不明白「來迎的人」這個詞是什麼意思。

「結果，『來迎的人』說，我要到閻王爺那兒，可我們的零件又沒罪。因為這是人生的零件。人活著的時候，人生的零件要受人生的懲罰，這不是很殘酷嗎？」

「可是……」

「對。什麼時代什麼樣的人能使整個人生活躍起來，這也是個疑問呢。比如這家飯館看管鞋子的人怎麼樣呢，每天只管將客人的鞋子收起來、拿出來就可以了。有的老人信口說：零件用到這份上，反而輕鬆了嗎。可是一詢問女侍，她說那個看管鞋子的老大爺也吃不消哩。他的工作間四邊都是鞋架，每天待在地窖般的地方，一邊叉開腿烤火，一邊給客人擦鞋。門廳的地窖，冬冷夏熱。咱們家的老太婆也很喜歡談養老院。」

「是說媽媽嗎？可是，媽媽說的，不是跟年輕人愛掛在嘴上的、真想死是一樣的嗎？這更是滿不在乎囉。」

「她說她會活得比我長，還滿有把握似的。但是，妳說的年輕人是指誰呢？」

「您問指誰嗎……」菊子吞吞吐吐地說。

「朋友的信上也寫了。」

「今早的信？」

「嗯。這個朋友還沒有結婚。」

「唔。」

信吾緘口不語，菊子也無法再說下去了。

正好這是在電車開出戶塚的時候。從戶塚到保土谷之間的距離很長。

「菊子！」信吾喊了一聲。

「我很早以前就考慮過了，不知你們有沒有打算另立門戶呢？」

菊子盯著信吾的臉，等待他說出後面的話。最後她用訴苦似的口吻說：

「這是為什麼呢，爸爸？是因為姊姊回娘家來的緣故嗎？」

「不。這跟房子的事沒有關係。房子是因為半離婚才回到娘家裏來，對菊子實在過意不去。不過，她即使和相原離婚，也不會在咱們家長住下去吧。房子是另一件事，我說的是菊子你們兩人的問題吶。菊子另立門戶，不是更好嗎？」

「不。按我說，爸爸心疼我，我願意和爸爸在一起。離開爸爸身邊，該不知多膽怯啊。」

「妳說的真懇切啊！」

「哎喲。我在跟爸爸撒嬌哩。我是個么女，撒嬌慣了，大概是在娘家也得到家父疼愛的緣故吧；我喜歡和爸爸住在一起。」

「親家爹很疼愛菊子，這點我很是明白。就說我吧，因為有菊子在身邊，不知得到了多大的安慰。如果妳另立門戶，定會感到寂寞的。修一做出了那種事，我過去一直沒跟菊子商量。我這個父親是不配和妳一起住下去的。如果你們兩人單獨住，只有你們倆，問題或許會更好解決，不是嗎？」

「不！即使爸爸什麼也不說，我也明白，爸爸是在惦記著我的事，在安慰我。我就是靠這份情義，才這樣待下來的。」

菊子的大眼睛裏噙滿了淚珠。

「一定要我們另立門戶的話，我會感到害怕的。我一個人無論如何無法安靜地在家裏等待，肯定會很寂寞、很悲傷、很害怕。」

「不妨試試一人等待看看嘛。不過，唉，這種話就不該在電車裏談。妳先好好想想。」

菊子或許是真害怕了，她的肩膀彷彿在發顫。

在東京站下了車，信吾叫了出租車把菊子送到本鄉去。

可能是娘家父親疼愛慣了，也可能是剛才感情過於激動的緣故吧，菊子似乎也不覺得她這番表現有什麼不自然。

儘管這種時候不會剛巧在馬路上遇見修一的情婦，但信吾總感到存在這種危險性，所以停車後一直目送著菊子走進大學的附屬醫院裏。

# 春天的鐘

I

花季的鎌倉，適逢佛都七百年祭，寺廟的鐘聲終日悠揚不止。

這鐘聲，有時信吾卻聽不見。菊子不論是在勤快工作，還是在說話都能聽見，而信吾不留意就聽不見。

「喏。」菊子告訴信吾。

「又響了，您聽。」

「哦？」

信吾歪著腦袋，對保子說：

「老太婆，妳聽見了嗎？」

「聽見了。連那個也聽不見？」保子不願理睬。

她將五天的報紙摞在膝上，慢慢地在讀著。

「響了，響了。」信吾說。

只要聽見一次，以後就容易聽見了。

「一說聽見了，你就高興。」保子將老花眼鏡摘下來，望了望信吾。

「廟裏的和尚成天撞鐘，也夠累的。」

「撞一次得繳納十元吶，那是讓香客撞的啊。不是和尚撞嘛。」菊子說。

「那倒是個好主意。」

「人家說，那是供奉的鐘聲……聽說計畫讓上十萬人百萬人撞呢。」

「計畫？」

信吾覺得這句話很滑稽可笑。

「不過，寺廟的鐘聲太憂鬱，怪討厭的。」

「是嗎，很憂鬱嗎？」

信吾正想：四月的一天星期天，在飯廳裏一邊觀賞櫻花，一邊聆聽鐘聲，多悠閒自在啊。

「所說的七百年，是指什麼七百年？大佛也七百年了，日蓮上人[20]也七百年了。」保子問道。

信吾回答不出來。

「菊子知道嗎？」

「不知道。」

「真滑稽，我們白住在鎌倉了。」

「媽媽您膝上的報紙沒刊登什麼嗎？」

「也許刊登了吧。」保子將報紙遞給菊子。報紙整整齊齊地摞在一起。自己的手頭只留下一份。

「對了，我也好像在報上讀過呢。但是，一讀到一對老夫妻離家出去的消息，引起對身世的悲傷，腦子裏就只記住這件事了。你也讀了這段消息吧？」

「唔。」

「人稱日本遊艇界恩人的日本划船協會副會長……」保子剛念報紙文章的開頭，爾後就用自己的話說：「他是創建小艇和快艇公司的經理，已經六十九歲，妻子也六十八歲吶。」

「這件事怎麼會引起對身世的悲傷呢？」

「上面還登了寫給養子夫婦和孫子的遺書。」

於是保子又念起報紙來：

「一想到只是活著，卻被人們遺忘了的淒涼的影子，就不想活到那時候了。我們十分理解高木子爵[21]的心情。他在給養子夫婦的遺書中寫道：我覺得一個人在眾人愛戴之中消失，這是最好不過的。我應該在家人深切的愛中、在許多朋

20 日蓮上人（一二二二—一二八二），日本鎌倉時代的僧人，日蓮宗的鼻祖。

21 高木子爵，即高木正得（？—一九四八），三笠宮妃之父。

友、同輩、後輩友情的擁抱中離去。給小孫子的遺書中則寫道：雖然日本的獨立指日可待，可前途黯淡。懼怕戰爭災難的年輕學生如若渴望和平，不徹底貫徹甘地式的不抵抗主義是不行的。我們年邁，要朝著自己堅信的正確道路前進，並加以指導，已是力不從心。徒勞無益地等待那『令人討厭的年紀』到來，豈不虛度此生。我們只希望給孫兒們留下一個好爺爺、好奶奶的印象。我們不知道會去哪兒。但願能安眠，僅此而已。」

保子念到這裏，沉默了一會兒。

信吾把臉扭向一邊，凝望著庭院裏的櫻花。

保子一邊讀報一邊說：

「他們離開東京的家，到大阪去拜訪他們的姊姊之後就失蹤了……那位大阪的姊姊已經八十歲了。」

「妻子沒有留下遺書嗎？」

「啊？」
保子一愣，抬起臉來。
「妻子沒有留下遺書嗎？」
「你說的妻子，是指那位老太婆嗎？」
「當然是囉。兩個人一起去尋死，按理說妻子也應該留下遺書嘛。比如妳我一道殉情，妳也需要寫下什麼遺言吧。」
「我可不需要。」保了淡漠地說，
「男女都寫下遺書的，這是年輕人的殉情啊。那也是因為兩人不能結合才悲觀起來……至於夫妻，一般說只要丈夫寫了就行，我這號人現在還會有什麼遺言需要留下呢？」
「真的嗎？」
「我一個人死，那又另當別論。」

「一個人死，那就千古遺恨啦。」

「都這把年紀了，即令有也等於無囉。」

「老太婆不想死也不會死，這是她無憂無慮的聲音吶。」信吾笑了。

「菊子呢？」

「問我嗎？」

菊子有點遲疑，慢條斯理地低聲說。

「假使菊子妳和修一去殉情，妳自己不留下遺書嗎？」

信吾漫不經心地說過之後，又覺得真糟糕。

「不知道。到了那時刻會是什麼樣呢？」菊子說著將右拇指插到腰帶間，像要鬆鬆腰帶，然後望了望信吾。

「我覺得好像要給爸爸留下點什麼話才對。」

菊子的眼裏充滿稚氣、濕潤，最後噙滿了淚珠。

信吾感到保子沒有想到死，菊子卻未必沒有想到死。

菊子身子向前傾斜，以為她要伏地痛哭一場，卻是站起來走掉了。

保子目送她走後，說：

「真怪，有什麼可哭的呢？這樣會得神經官能症的。這是神經官能症的跡象呢。」

信吾把襯衫釦子解開，將手插到胸懷裏。

「心跳得厲害嗎？」保子問。

「不，是乳頭癢，乳頭發硬，怪癢的。」

「真像個十四、五歲的女孩子喲。」

信吾用指尖撫弄著左乳頭。

夫婦雙雙自殺，丈夫寫下遺書，可妻子卻不寫。妻子大概是讓丈夫代寫呢，還是讓丈夫一起寫？信吾聽著保子念報，對這點抱有懷疑，也頗感興趣。

是長年陪伴，成為一體同心了？還是老妻連個性和遺言都喪失殆盡了呢？

妻子本來沒有理由要去死，卻為丈夫的自殺而殉身，讓丈夫把自己所要說的那份話也包括在丈夫的遺言中，難道她就沒有什麼可留戀，可後悔，可迷惘的嗎？真不可思議。

然而眼下信吾的老伴也說，如果殉情，我不需要寫什麼遺書，只要丈夫寫就行了。

什麼也不言聲，只顧伴隨男人去死的女人——偶爾也不是沒有男女反過來的，不過大多數是女人跟隨——這樣的女人如今已經老朽，並且就在自己身邊，信吾有點驚恐了。

菊子和修一這對夫婦結合的歲月雖短，眼前卻波瀾起伏。

面對著這樣一個菊子，自己卻詢問：假如菊子妳和修一去殉情，不留下自己的遺書嗎？這種提問，未免太殘酷，會使菊子痛苦的。

信吾也感覺到菊子正面臨著危險的深淵。

「菊子向爸爸撒嬌，才為那種事掉眼淚呢。」保子說，

「你只顧一味心疼菊子，卻不給她解決關鍵的問題。就說房子的事吧，不也是這樣嗎？」

信吾望著庭院裏怒放的櫻花。

那棵大櫻樹下，八角金盤長得非常茂盛。

信吾不喜歡八角金盤，本打算櫻花開前，一棵不剩地把八角金盤除淨，可今年三月多雪，不覺間櫻花已經綻開了。

三年前曾將八角金盤除淨過一次，豈料它反而滋生得更多。當時想過，乾脆連根拔掉就好了。現在果然證實當時是該那樣做。

信吾挨了保子的數落，對八角金盤葉子的碧綠更看不順眼了。要是沒有那叢生的八角金盤，櫻樹的粗大樹幹便是獨木而立，它的枝椏就會所向無阻地伸展開

去，任憑枝頭低垂地展拓四方。不過，即使有八角金盤，它還是擴展了。

而且居然開了許多花。

在晌午陽光的照耀下，漫天紛飛的櫻花，儘管顏色和形狀都不那麼突出，卻給人以布滿空間的感覺。現在正是鮮花盛開，怎麼想到它的凋零呢。

但是，一瓣、兩瓣地不斷飄落，樹下已是落花成堆。

「還以為報紙淨登年輕人被殺或死亡的消息，豈料老年人的事也見報了，還是有反應的啊！」保子說。

保子似乎反覆讀了兩、三遍那段老年夫婦的消息「在眾人愛戴之中消失」。

「前些時候報上曾刊登這樣一條新聞：一個六十一歲的老大爺本想將患有小兒麻痹症的十七歲男孩送進聖路伽醫院，於是從栃木來到東京。老大爺揹著孩子，讓他遊覽了東京，不料這孩子嘮叨不休，說什麼也不願意去醫院，結果老大爺就用手巾把孩子給勒死了。」

「是嗎？我沒讀到過。」信吾曖昧地答了一句。他想起自己關心的是青森縣少女們墮胎的消息，甚至還做夢了。

自己和老妻是多麼的不同啊。

II

「菊子！」房子喚道：

「這部縫紉機怎麼老是斷線，是不是有毛病？妳來看看好嗎。是勝家牌，機器應該是可以的嘛，是我的手藝拙笨了？我反應過度了？」

「也許是機器失靈了。這是舊東西，我學生時代用的。」

菊子走進那房間裏。

「不過，它還是聽我使喚的。姊姊，我替妳縫。」

「是嗎？里子老纏著我，我心裏很著急。好像把她的手也縫上似的。儘管不可能縫到手，可這孩子把手放在這兒，我看看針腳，眼睛就模糊不清。布料和孩子的手朦朦朧朧的，彷彿黏在一起。」

「姊姊，妳太疲勞啦！」

「就是說，是反應過度呀。要說疲勞，得數菊子囉。在這個家裏，不累的，就是爸爸和媽媽了。爸爸也過了花甲之年，還說什麼奶頭癢，分明是愚弄人嘛。」

菊子到大學附屬醫院去探望朋友，回程替房子的兩個孩子買了一塊洋裝料子。衣服在縫製了，所以房子對菊子也有了好感。

然而，菊子一取代房子、坐到縫紉機前，里子就露出了不悅的神色。

「舅媽給妳買布料，還為妳縫衣服吶，不是嗎？」

房子一反常態致歉說：

「真對不起。在這方面孩子跟相原一模一樣。」

菊子把手搭在里子的肩上，說：

「跟外公去看大佛好不好。有金童玉女出來，還有跳舞吶。」

在房子的勸誘下，信吾也出門了。

他們在長谷大街上漫步，看見香菸鋪門口放著一盆栽的山茶花。信吾買了一包光明牌香菸，並稱讚了一番盆栽。盆栽掛著五、六朵斑駁的重瓣山茶花。

香菸鋪老闆說，重瓣斑駁不好，論盆栽只限於山茶花。於是他將信吾帶到裏院。那是約莫四、五坪寬的菜圃，在這些菜圃前堆放著成排的盆栽。山茶是棵老樹，樹幹蒼勁，充滿了活力。

「不能讓花總纏在樹上，也就把花給揪下來了。」香菸鋪老闆說。

「就是這樣也還開花嗎？」信吾探問。

「雖然開了很多花，但我們只適當地留下幾朵。店鋪前的山茶花開了二、三十朵吶。」

香菸鋪老闆談了侍弄盆栽的經驗，還談到鎌倉人愛好盆栽的一些新聞。他這麼一說，信吾想起商店街店鋪的窗戶上經常擺放著盆栽的情景來。

「謝謝，真是好享受啊。」信吾剛要走出店鋪，香菸鋪老闆又說：

「雖然沒有什麼好東西，不過後面有些還可以……栽一盆盆栽的山茶花，為了不讓它枯萎，不讓它變醜，這裏就有了責任問題，對偷懶者來說，倒是有好處的啊。」

信吾邊走邊點燃了一根剛買來的光明牌香菸。

「菸盒上畫一尊大佛。是為鎌倉製作的。」信吾說著將菸盒遞給了房子。

「讓我看看。」里子踮著腳拿去了。

「去年秋天房子從家中出走後，到過信州吧。」

「不是什麼出走。」房子頂撞了信吾一句。

「那時候，在老家沒看過盆栽嗎？」

「沒看過。」

「可能是吧。已經是四十年前的事了。老家的外公愛好盆栽。就是保子她爹啊。可是，保子卻不懂侍弄，也漫不經心，粗枝大葉的，所以外公喜歡大姨媽，讓大姨媽照顧盆栽。大姨媽是個大美人，和妳媽簡直不像是親姊妹。一天早晨，盆栽架上積滿了雪，留著天真劉海的大姨媽身穿紅色元祿袖[22]和服在清理花盆上積雪的那幅姿影，至今仍歷歷在目。她輪廓分明，美極了。信州寒冷，呵氣是白的。」

那白色的呵氣猶如少女的溫柔和散出的芬芳。

時代不同，房子與之無關，倒是好事。信吾倏然落入回憶之中。

---

22 元祿袖，是日本少女穿用的一種和服，袖子短，袖口呈圓形。

「可是，剛才看到的山茶花，精心栽培還不到三、四十年吧。」

恐怕樹齡相當了吧。在花盆裏要栽到樹幹長出瘤子來，不知得費多少年啊。

保子的姊姊辭世以後，供奉在佛龕裏的紅葉盆栽，會有人照料，不至於枯萎吧？

III

三人來到寺院內，正好趕上童男童女的隊伍行進在大佛前的鋪石路上。看上去是從遠方走來的，有的已經露出了倦容。

房子抱著里子，站在人牆之後。里子把視線投向穿著華麗長袖和服的童男童女身上。

聽說這裏豎著一塊與謝野晶子23的詩碑，他們就走到了後院，只見石碑上刻著像是放大了的晶子本人的字。

「還是寫成釋迦牟尼……」信吾說。

然而，房子不懂這首膾炙人口的詩歌，信吾有點掃興。晶子的歌是：鎌倉有大佛，釋迦牟尼是美男。

可是信吾卻說：「大佛不是釋迦牟尼。實際上是阿彌陀佛。因為弄錯了，所以詩歌也改了。如今在流行的詩歌中將釋迦牟尼改稱為阿彌陀佛或者大佛，音韻不協調，佛字又重疊。但是，就這樣刻成詩碑，畢竟還是錯誤啊。」

詩碑旁邊圍著布幕，設有淡茶招待。房子從菊子那裏拿到了茶券。

信吾望著露天底下的茶的顏色，以為里子要喝茶，不料里子卻用一隻手抓住了茶碗邊。那是供點茶用的一只很普通的茶碗，但信吾還是幫她捧住茶碗說：

---

23 與謝野晶子（一八七八—一九四二），日本女詩人。

「很苦哩。」

「苦嗎？」

里子在喝茶之前，裝出一副很苦的樣子。

跳舞的少女群，走進布幕裏來了。其中一半少女落坐在入口處的折疊椅上，其餘的則向前擠擁，幾乎是人疊人了。她們全都濃妝豔抹，身穿華麗的長袖和服。

在少女群的後面，立著兩、三棵小櫻樹，花兒盛開。花色比不上袖和服的鮮豔，顯得有點雅淡。陽光灑落在對面樹林的悠悠碧綠上。

「水，媽媽，我要喝水。」里子一邊看著跳舞的少女們一邊說。

「這裏沒有水，回家再喝吧。」房子撫慰了一句。

信吾忽然也想喝水。

不記得是三月的哪一天了，從橫須賀線的電車上，信吾看見一個跟里子差不多大的女孩子，站在品川站月臺上的自來水管旁，在喝自來水。開始，一按開水龍頭，水就往上冒，小女孩嚇了一跳，笑了起來。那副笑臉，可愛極了。她母親給她調了調水龍頭。他目睹這女孩喝得幸福的神態，感受到今年的春天到來了。此時，他想起了這件事。

看到這群身著舞裝的少女，里子和自己都想喝水，這是什麼道理呢？信吾在思考的時候，里子又糾纏起來說：

「衣服，給我買衣服。我要衣服。」

房子站起身來。

在跳舞少女的中央，有個比里子大一、兩歲的女孩。她眉毛又粗又短，把眉毛描得稍低，挺可愛的。她臉上鑲嵌著兩只圓鈴般的眼睛，眼沿抹上了胭脂。

房子拉著里子的手，里子直盯住那個女孩，一走出布幕外，里子就想走到女孩那邊去。

「衣服，衣服。」里子不停地嚷道。

「衣服，里子慶賀七五三[24]，外公會給妳買的。」房子話裏有話。

「這孩子打生下來就沒穿過和服哩。連襁褓也是用舊浴衣改的，從舊和服的碎片拼湊起來。」

信吾在茶鋪休息，要來了水。里子一股腦喝了兩杯。

從大佛的院內出來，又走了一程，遇見一個身穿舞蹈和服的小女孩，由她母親牽著，像是匆匆回家樣子，她們從里子旁邊擦身而過。信吾心想：糟了。便趕緊摟住里子的肩膀，可是為時已晚。

「衣服！」里子剛要抓住那女孩的袖子。

「討厭！」那女孩躲閃開，結果踩住長袖，摔倒了。

「啊！」信吾喊了一聲，雙手捂住了臉。

被車輾了。信吾只聽見自己的呼喊聲，但好像有許多人在同時呼喊。

車子緊急煞住了。三、四個人從嚇得呆若木雞的人群中跑了過來。

女孩子驀地爬起身，緊緊抱住她母親的衣服下襬，哇地大哭起來。

「僥倖，太僥倖了。幸虧是高級轎車，煞車靈！」有人說。

「要是輛破車，早就沒命了。」

里子抽搐似的直翻白眼。一副可憐面孔。

房子一味向女孩的母親賠禮道歉，問對方的孩子受傷了嗎？長袖子破了嗎？那位母親呆住了。

身穿長袖和服的女孩子止住哭泣後，濃厚的白粉斑駁了。眼睛像洗過一般在閃閃發亮。

信吾默默地走回家裏。

---

24 七五三，日本孩子每當三歲、五歲、七歲時都舉行祝賀儀式。

傳來了嬰兒的啼哭聲，菊子嘴裏哼著搖籃曲出來迎接。
「真對不起，讓孩子哭了。我還是不行啊。」菊子對房子說。
不知是妹妹的哭聲誘發，還是回家裏情緒鬆懈了，里子也哇哇地哭出聲來。
房子不理睬里子，從菊子手裏把嬰兒接過來，敞開了衣服。
「喲！胸口都被冷汗濡濕了。」
信吾抬頭望了望寫著良寬[25]「天上大風」的匾額，就走了過去。這是良寬的字畫行情尚便宜時買來的，後來聽別人說，信吾才知道是贗品。
「我還看了晶子的詩碑呢。」信吾對菊子說，
「是晶子的字，寫的是釋迦牟尼……」
「是嗎？」

## IV

晚飯後，信吾獨自出門，去逛逛和服店和估衣鋪。

但是卻找不到適合里子穿的和服。

找不到，心裏依然惦掛著。

信吾感到一陣陰鬱的恐懼。

女孩子縱令年幼，看到別家孩子穿漂亮的和服，就那樣想要嗎？

里子這種羨慕和欲望，僅僅比普通孩子稍強些嗎？還是異乎尋常的強烈呢？

信吾覺得恐怕這是一種瘋狂的發作。

那個穿舞蹈衣裳的孩子倘使被車輾死了，此刻會是什麼樣的情形呢？美麗的

25 良寬（一七五八—一八三一），江戶後期的禪僧、歌人。

姑娘穿著長袖和服的姿影，清晰地浮現在信吾的腦海裏。那樣的盛裝，一般不會陳列在這種鋪面裏。

可是，要是買不到、就此回家，信吾甚至覺得連馬路都是黑暗的。

保子真的只用舊浴衣給里子改做襁褓嗎？房子的話語裏帶有幾分埋怨，恐怕不會是假的吧。難道真的沒有給初生的嬰兒以和服，孩子初次參拜本地的保護神時也沒給她和服嗎？說不定是房子當時想要洋服呢，不是嗎？

「忘了。」信吾自言自語。

保子是否跟自己商量過這件事，肯定是忘記了。不過，倘若信吾和保子更多關心房子一些，縱令無才的女兒也會生出可愛的孫子來。信吾生起一種無法推卸的自責念頭，腳步也跟著沉重了。

「若知前身，若知前身，無有可憐的父母。既無父母，哪有可牽掛的子女……」

一首謠曲裏的這段話，縱令浮現在信吾心頭，也僅是浮現而已，不可能產生黑衣僧人的那種悟道。

「啊，前佛既去，後佛未至，夢中來臨，應以何為現實？無意竟承受了難以承受的身軀……」

里子要去抓住跳舞的女孩，她那股凶惡、狂暴的脾氣，究竟是繼承了房子的血統呢，還是繼承了相原的血統？如果是母親房子的，那麼是繼承房子的父親的血統呢，還是母親保子的血統？

倘使信吾和保子的姊姊結婚，可能不會生下像房子這樣的女兒，也不會有像里子那樣的外孫女吧。

出乎意料的是，信吾又緬懷起故人，彷彿想糾纏著他們不放。

信吾已經六十三歲了，可二十多歲死去的那人還是比自己年紀大。

信吾回到家裏，房子已經抱著嬰兒鑽進被窩裏了。

房子的寢室和飯廳之間的隔扇是敞開的，信吾才會發現。

信吾往裏邊瞧了瞧，保子說了一聲：

「睡著了。」

「她說她的心撲通撲通地跳得厲害，總平靜不下來，就吃了安眠藥睡著了。」

信吾點點頭。

「把隔扇關上好不好？」

「嗯。」菊子走開去。

里子緊挨著房子的後背入睡了。但是，眼睛卻像是睜開似的。里子這孩子就是這樣悶不吭聲。

信吾沒談自己出去為里子買和服的事。

看來房子也沒跟她母親談里子想要和服、差點出危險的事。

信吾進了起居室。菊子將炭火端來了。

「啊，坐下吧。」

「嗯。這就來。」菊子又走出去，將水壺放在盤子裏端過來。水壺也許不需要盤子，不過她在旁邊還放了株什麼花。

信吾拿起花說：

「是什麼花？好像是桔梗吧。」

「據說是黑百合……」

「黑百合？」

「嗯。剛才一位懂茶道的朋友送給我的。」菊子邊說邊打開信吾背後的壁櫥，把小花瓶拿了出來。

「這就是黑百合？」信吾覺得很珍奇。

「據這位友人說，今年的利休[26]忌辰，遠川流[27]本家在博物館的六窗庵舉辦

---

26 利休，原名千宗易（一五二二—一五九一），是日本安土桃山時代的茶人。千家流茶道的鼻祖。

茶會時，茶席上的插花就是用黑百合和開白花的金銀花，美極了；插在古銅的細口花瓶裏……」

「唔。」

信吾凝神望著黑百合。是兩株，一株莖上各有兩朵花。

「今年春天，下了十一、二回雪了吧。」

「是經常下雪。」

「聽說初春利休忌辰也下雪了，積有三、四寸厚呢。黑百合顯得更加珍奇了。據說它屬高山植物。」

「顏色有點像黑山茶。」

「嗯。」

菊子往花瓶裏裝水。

「聽說今年利休忌辰還展出了利休辭世的書籍和利休剖腹的短刀。」

「是嗎？妳那位朋友是茶道師傅嗎？」

「嗯。她成了戰爭寡婦……早先精通此道，現在派上用場了。」

「是什麼流派？」

「官休庵。是武者小路千家[28]流。」

不諳茶道的信吾，也就不瞭解這些情況了。

菊子等著將黑百合插進花瓶裏，可信吾總拿著花不放手。

「開著花，可有點耷拉；不至於枯萎吧。」

「嗯，因為先把水倒進去了。」

「桔梗開花也像這樣耷拉下來嗎？」

---

27 遠川流，是日本茶道的流派之一。鼻祖為小堀政一。

28 武者小路千家，是日本茶道三千家之一。千利休的重孫千宗守在京都的武者小路另立分茶室官休庵，其流派則稱武者小路千家流。

「什麼？」

「我覺得它比桔梗花小。妳說呢？」

「是小。」

「乍一看像是黑色，其實不是黑，像深紫色卻又不是紫，彷彿抹上了濃豔的胭脂。明天白天再仔細看吧。」

「在陽光的輝映下，會呈透明的紅紫色。」

盛開的花朵，大小不足一寸，約莫七、八分吧。花瓣是六片，雌蕊的尖分成三段，雄蕊四、五根。葉莖長度約一寸，分好幾段向四方伸展著。百合葉形狀小，長度約莫一寸或一寸五分光景。

最後信吾嗅了嗅花，無意中說了一句：

「帶點令人討厭的女人腥味哩。」

這味不是指淫亂的意思，可菊子的眼皮飛起一片紅暈，把頭耷拉了下來。

「香味令人失望。」信吾改口說，「妳聞聞試試。」
「我可不打算像爸爸那樣研究它。」
菊子把花插進花瓶裏的時候說：
「按茶會的規矩，插四朵花太多了。不過，現在就這樣插嗎？」
「嗯，就那樣插吧。」
菊子將黑百合放在地板上。
「那壁櫥放花瓶的地方，擺著面具，幫我拿出來好嗎？」
「好的。」
信吾的腦海裏浮現謠曲的一段，就想起面具來。
信吾把慈童的面具拿在手裏，說：
「據說這是妖精，是永恆的少年。我買來時，說過了吧？」
「沒有。」

「我買這個面具的時候，曾讓公司一個叫谷崎的女孩子戴上試試。可愛極了，真令人吃驚。」

菊子的眸子肯定是透過面具的眼睛，在凝望著信吾。

「如果不動動，表情就出不來哩。」

買面具回家那天，信吾幾乎要跟它那暗紅色的可憐嘴唇接吻，頓覺一陣心跳，恍如天使的邪戀。

「樹根埋地裏，心靈之花今猶存……」

謠曲裏似乎有這樣的話。

菊子戴上美貌少年的面具，做出各種各樣的動作，信吾再也看不下去了。

菊子臉上，面具幾乎把她的下巴頦蓋上，淚珠順著似看見又看不見的下巴頦流淌到咽喉。淚水淌成兩道、三道，滾個不停。

「菊子。」信吾喊了一聲，

「菊子，今天妳會見那位朋友，大概是想：如果同修一分手，就去當茶道師傅，是不是？」

戴著慈童面具的菊子點了點頭。

「即使分手，我也想住在爸爸這兒，伺候您品茶。」菊子戴著面具明確地說。

突然傳來了里子哇的哭聲。

阿照在庭院裏尖銳地吠叫起來。

信吾感到這是不祥之兆。菊子像是在側耳傾聽大門那邊的動靜，看看連星期天也上情婦家的修一是否回家裏來了。

# 鳥巢

# I

附近寺廟的鐘聲，冬夏兩季都在六點鳴響。信吾也不論冬夏，清晨聽到鐘聲就早早起來了。

雖說早起，卻不一定離開被窩。就是說，早早就醒了。

當然，同樣是六點，冬夏大不相同。寺廟的鐘聲，一年到頭都是六點鳴響，信吾也就以為同樣的是六點，其實夏季太陽已經高升了。

儘管信吾枕邊放著一塊大懷錶，可是必須點燈、戴上老花眼鏡他才能看得清楚。因而信吾很少看錶。不戴老花眼鏡，就無法辨清長針和短針。

再說，信吾沒有必要拘泥於鐘點起床。毋寧說，早早醒來反而感到無所事事。

冬天六點尚未天亮，但信吾無法耐心待在被窩裏，於是就起床取報紙去。

不雇女傭以後，菊子一大早就起來做家事了。

「爸爸，您真早啊！」菊子這麼一說，信吾覺得很難為情。
「嗯，再睡一覺。」
「睡去吧，水還沒燒開呢。」
菊子起床後，信吾覺得有人的聲息，這才放下心來。
不知打多大年紀開始，冬天早晨摸黑醒來，他就百無聊賴。
可是一到春天，信吾睡醒也覺得溫暖了。
時令已過五月半。今早，信吾聽見晨鐘的響聲，接著又聽見鳶的啼鳴。
「啊，牠還在吶。」信吾頭枕枕頭，傾耳靜聽，嘟噥了一句。
鳶在屋頂上轉了一大圈，然後好像朝海的方向飛去了。
信吾起床了。
信吾一邊刷牙一邊朝天空尋覓，卻沒有找到鳶。
然而，稚嫩而甜美的聲音，似乎使信吾家的上空變得柔和清澄。

「菊子，剛才咱們家的鳶叫了吧。」信吾衝著廚房揚聲呼喚。
菊子將冒著熱氣的米飯盛在飯桶裏。
「剛才沒留意，沒有聽見。」
「牠仍然在咱們家呀。」
「哦。」
「去年，不記得是幾月份了，牠叫鳴得很勤。大概也是這個時候吧。記性太壞了。」
信吾站著看了看。菊子解開了繫在頭上的緞帶。
有時菊子似乎也是用緞帶把頭髮束起來才就寢的。
飯桶蓋就這麼打開著，菊子便忙著準備給信吾泡茶了。
「鳶在，咱們家的黃道眉也會在的。」
「哎，還有烏鴉。」

「烏鴉？……」

信吾笑了。

鳶是「咱們家的鳶」的話，烏鴉也應是「咱們家的烏鴉」。

「原以為這宅邸只住人，想不到還棲息著各種鳥兒吶。」信吾說。

「不久還會出現跳蚤和蚊子呢。」

「別瞎說。跳蚤和蚊子不是咱們家的居民。不能在咱們家過年。」

「冬天也有跳蚤，也許會在咱們家裏過年呢。」

「不知道跳蚤的壽命有多長；大概不是去年的跳蚤吧。」

菊子望著信吾笑了。

「也該是那條蛇出洞的時候啦。」

「是去年讓妳嚇了一大跳的那條黃頷蛇嗎？」

「是啊。」

「據說牠是這房子的主人吶。」

去年夏天，菊子購物回來，在廚房門口看到那條黃頷蛇，曾嚇得直打哆嗦。

阿照聽見菊子的叫聲就跑了過來，發瘋似的狂吠了一陣。阿照低頭一擺好要咬的架勢，就又閃開四、五尺，接著又湊近，似是要撲過去的樣子。就這樣反覆多次。

黃頷蛇略仰起頭，吐出紅芯子，連瞧也不瞧阿照一眼，就順順當當地挪動起來，沿著廚房門檻爬走了。

據菊子說，蛇的身長足有廚房門的門板兩倍以上，也就是說，足有六尺多長。蛇身比菊子的手腕還粗。

菊子高聲說罷，保子卻冷靜地說道：

「牠是這房子的主人呢。菊子嫁過來之前好幾年牠就在了。」

「要是阿照把牠咬住，不知道會怎麼樣呢？」

「那阿照肯定輸，牠可以把阿照纏住……阿照明白，只是吠吠罷了。」

菊子哆嗦了好一陣子。打那以後，她就不怎麼從廚房門而改從前門出入了。

不知這條大蛇是藏在地板下，還是藏在天花板上，實在令人毛骨悚然。

但是，黃頷蛇可能藏在後山吧。難得見到牠的蹤影。

後山不是信吾的所有地。也不知道是誰的。

靠近信吾家，矗立著陡峭的山。對山中的動物來說，這山與信吾家的庭院似乎沒有界線。

後山為數不少的花和樹葉落到庭院裏。

「鳶飛回來了。」信吾自語了一句，然後揚聲說：

「菊子，鳶好像飛回來了。」

「真的。這回聽見了。」

菊子抬頭望了望天花板。

鳶的啼鳴持續了好一陣子。

「剛才是飛去海上了吧？」

「那鳴聲像是飛向大海了。」

「也許是飛到海上覓食，再飛回來吧。」菊子這麼一說，信吾也覺得或許是那樣。

「在牠看得見的地方，給牠放些魚，怎麼樣？」

「阿照會吃掉的。」

「放在高處嘛。」

去年和前年都是這樣，信吾一覺醒來，就聽見鳶的啼鳴，感到一種親愛之情。看來不僅是信吾，「咱們家的鳶」這句話在家人中間已經通用了。

然而，信吾確實連是一隻鳶還是兩隻也不知道。只記得有一年，像是見過兩隻鳶在屋頂上空比翼翱翔。

再說，連續好幾年聽見的鳶鳴，果真都是同一隻鳶發出來的嗎？難道牠不換代嗎？會不會不知不覺間母鳶死去、子鳶悲鳴呢？今天早晨，信吾才第一次這麼想。

信吾他們不知道老鳶去年已死去，今年是新鳶在啼鳴，總以為是家中的那隻鳶。他是在似醒非醒的夢境與現實中聽見鳶鳴的，別有一番情趣。鎌倉小山很多，然而這隻鳶卻偏偏選中信吾家的後山棲息，此事想來也很不可思議。

常言道：「難遇得以今相遇，難聞得以今相聞。」鳶或許就是這樣。

即使人和鳶生活在一起，但鳶只能讓人聽見牠那可愛的鳴聲。

II

菊子和信吾在家裏都很早起床，早晨兩人總是談些什麼；難道有可能，信吾和修一兩人，只有在往返的電車上才能若無其事地交談嗎？

信吾心想：電車駛過六鄉的鐵橋，不久就會看到地上的森林啦。早晨，從電車上觀賞池上的森林，已成為信吾的習慣。

最近信吾才發現，幾年來一直目睹的這大森林裏，屹立著兩棵松樹。

惟獨這兩棵松樹蒼勁挺拔。這兩棵松樹像是要擁抱似的，上半截相互傾向對方，樹梢幾乎偎依在一起。

森林裏，就數這兩棵松樹挺拔，就是不願意看，它也會跳入你的眼簾。可信吾迄今竟沒有發現。不過，一旦發現，這兩棵松樹就必定最先進入視線的範圍。

今早風雨交加，這兩棵松樹變得朦朧了。

「修一！」信吾叫了一聲，「菊子哪兒不舒服？」

「沒什麼大不了。」

修一在閱讀周刊雜誌。

修一在鎌倉車站買了兩種雜誌，給了父親一本。信吾拿著，卻沒有閱讀。

「是哪兒不舒服？」信吾又溫存地問了一遍。

「說是頭痛。」

「是嗎？據老太婆說，她昨天去東京，傍黑回家躺倒就睡了，一反常態哩。老太婆覺察到，大概是在外面發生什麼事。她連晚飯也沒有吃。你九點左右回到房間去的時候，她不是在忍聲抽泣嗎？」

「過兩、三天會好的，沒什麼大不了。」

「是嗎？頭痛不至於那樣子抽泣嘛。就說今天吧，天濛濛亮，她不也哭來著？」

「嗯。」

「房子給她去拿吃的，聽說她很不願意房子進她的房間裏。把臉藏了起來……房子一味嘮嘮叨叨。我想問你，這究竟是怎麼回事？」

「聽起來簡直像是全家都在探聽菊子的動靜。」修一翻了翻眼珠，說：

「菊子偶爾也會生病的呀。」

信吾有點惱火了。

「所以才問她生什麼病嘛。」

「流產唄。」修一冒出了這麼一句。

信吾愕然，望了望前面的坐席。信吾心想：兩個都是美國兵，大概壓根兒不懂日本話，所以他和修一談了這樣一番話。

信吾聲音嘶啞，說：

「讓醫生瞧過了嗎？」

「瞧過了。」
「昨天？」信吾發愣，嘟噥了一句。
修一也不讀雜誌了。
「是的。」
「當天就回來的嗎？」
「嗯。」
「是你讓她這樣做的嗎？」
「是她自己這樣做的。她才不聽我的話呢。」
「是菊子自己要這樣做的？胡說！」
「是真的。」
「為什麼呢？為什麼會讓菊子有那種想法呢？」
修一默不作聲。

「是你不好嘛，不是嗎？」
「也許是吧。不過，她是在賭氣，說現在無論如何也不想要。」
「如果你要制止，總可以制止的啊。」
「現在不行吧。」
「哦，你說的現在是什麼意思？」
「正如爸爸所知道的，就是說，我現在這副模樣，也不想要孩子。」
「就是說，在你有外遇期間？」
「就算是吧。」
「所謂就算是吧，是什麼意思？」
信吾火冒三丈，胸口堵得慌。
「你不覺得這是菊子半自殺的行為嗎？與其說是對你的抗議，莫如說是她在半自殺吶。」

信吾來勢洶洶，修一有點畏怯了。
「你扼殺了菊子的靈魂。無法挽回了。」
「菊子的靈魂相當強硬哩。」
「她是個女人嘛。是你的妻子呀，不是嗎？就看你的態度了，你如果對菊子溫存、體貼，她肯定會高興地把孩子生下來。情婦問題就另當別論囉。」
「可不是另當別論喲。」
「菊子也很明白，保子盼望著抱孫了。可菊子遲遲沒有懷孩子，她覺得臉上無光，不是嗎？她是多麼想要孩子啊，你不讓她生，就像扼殺了她的靈魂似的。」
「這就有點不對了。菊子似乎有菊子的潔癖呢。」
「潔癖？」
「像是連懷孩子她都懊悔……」
「哦？」

這是夫婦之間的事。

修一會讓菊子感到如此屈辱和嫌惡嗎？信吾有點懷疑。

「這令人難以置信啊。菊子說那樣的話、採取那樣的行動，我不認為是出自菊子的本願。哪有丈夫把妻子的潔癖當作問題的呢，這不正是愛情淺薄的證據嗎？哪有男人把女人的鬧彆扭當真的呢？」信吾有幾分沮喪。

「倘使保子知道白丟掉一個孫子，也許會說些什麼呢！」

「不過，媽媽因此而知道菊子也能懷孩子，也放心了。」

「你說什麼？你能保證以後也會生嗎？」

「保證也可以嘛。」

「這種說法，恰恰證明不怕天、不愛人啊。」

「您的說法太複雜了。這不是很簡單的事嗎？」

「並不簡單喲。你好好想想，菊子哭成那副模樣，不是嗎？」

「我嘛，也不是不想要孩子，可現在兩人的狀態都不好，這種時候，我想不會生好孩子的。」

「你所謂的狀態是指什麼，我不知道。但是菊子的狀態不壞嘛。如果說狀態不好，那就是你自己。從菊子的天性來看，她不會有什麼狀態不好的時候。都因為你不主動消除菊子的妒忌，才失去了孩子。也許你會覺得對不起孩子。」

修一凝望著信吾的臉，顯出驚訝的樣子。

「你想想，你在情婦那裏喝得爛醉才回家，皮鞋沾滿了泥巴，就這麼把腿擱在菊子的膝上、讓她給你脫鞋……」信吾說。

## III

這天，信吾因公司裏的事，去了一趟銀行，與那裏的朋友一道吃午飯。一直談到下午兩點半光景，從飯館給公司掛了個電話，爾後直接回家了。

菊子抱著國子坐在走廊上。

信吾提前回家，菊子慌了手腳，正要站起身子。

「好了，就坐著吧。能起來嗎？」信吾說著也到了走廊上。

「不要緊的。我正想給國子換褲子。」

「房子呢？」

「她帶著里子上郵局去了。」

「把孩子交給妳，她上郵局有什麼事嗎？」

「等一會兒啊。先讓外公換換衣裳。」菊子對幼兒說。

「行了，行了，先給孩子換褲子吧。」

菊子帶笑地抬頭望了望信吾，露出一排小齒。

「外公說先給國子換褲子哩。」

菊子穿著一件寬鬆漂亮的棉綢衣裳，繫著窄腰帶。

「爸爸，東京也沒下雨了吧？」

「雨嘛，在東京站乘車時還下著，一下電車，天就轉晴哩。究竟哪一帶放晴，我沒留意。」

「鐮倉也一直在下，剛才停止的。雨停後，姊姊才出門去的。」

「山上還是濕漉漉的吶。」

菊子把幼兒放在走廊上後，幼兒抬起赤腳，用雙手抓住腳趾。她的腳要比手更自由地活動。

「對對，小乖乖在看山吶。」菊子說著指了指幼兒的胯間。

美國軍用機低低地飛了過來。轟鳴聲把幼兒嚇了一跳，她抬頭望著山。看不見飛機。可是，那巨大的機影卻投在後山的斜坡上，一掠而過。幼兒或許也看到那機影了吧。

信吾驀地為幼兒那天真無邪、驚訝而閃爍的目光所打動。

「這孩子不懂得什麼是空襲。現在出生的許多孩子，他們都不懂得什麼是戰爭了。」

信吾凝視著國子的眼睛。那閃爍的光已經變得柔和了。

「要是能把國子眼裡看見的，拍張照片就好囉。把後山的飛機影子也拍進去。下一張接著拍……」

幼兒遭受飛機轟炸，悲慘地死去。

信吾欲言又止，因為他想到菊子昨天剛做完人工流產。

這兩張幼兒照片是幻想的。在現實裏，肯定有不計其數的這種幼兒。

菊子把國子抱了起來，一隻手將褲子團弄起來，走到浴室裏去。

信吾想：自己是惦記菊子才提前回家的。他邊想邊折回了飯廳。

「回來真早啊。」保子也走了進來。

「剛才妳在哪兒呢？」

「在洗頭。雨過天晴，猛然一曬，頭就發癢。上年紀的人，頭動不動就發癢。」

「我的頭就不那麼愛發癢嘛。」

「也許是你腦袋瓜靈吧。」保子說著笑了，

「我知道你回來了，可剛洗完頭就出來接你怕挨你說：瞧這副可怕的模樣……」

「老太婆還披散著頭髮，乾脆把它剪了，結成圓竹刷子髮型，怎麼樣？」

「真的。不過，不限於老太婆結圓竹刷子髮型嘛。江戶時代，男人女人都是結這種髮型：將頭髮剪短，攏到後腦勺，然後束起來，再將束髮的髮根剪成圓竹子那樣。歌舞伎裏就有這種髮型。」

「不要在腦後束起來，梳成垂肩髮型算了。」

「這樣也未嘗不可。不過，你我的頭髮都很豐茂嘛。」

信吾壓低嗓門，說：

「菊子起來了吧？」

「嗯，起來一會兒了……臉色可不好哩。」

「最好還是別讓她照顧孩子吧。」

「房子說了聲『我暫時把孩子放在妳這兒』，就把孩子放在菊子的被窩旁，因為孩子睡得香著呢。」

「妳把孩子抱過來不就成了嗎？」

「國子哭時，我正在洗頭呢。」

保子離去，將信吾更換的衣服拿出來。

「你提前回家，我還以為你什麼地方不舒服呢。」

菊子從浴室裏走出來，像是要回到自己的居室。信吾呼喚：

「菊子，菊子！」

「嗯。」

「把國子帶到這兒來。」

「嗯，就來。」

菊子牽著國子的手，讓她走過來。菊子繫上了寬腰帶。

國子抓住保子的肩膀。保子正在用刷子刷信吾的褲子，她站起來，把國子摟在膝上。

菊子把信吾的西裝拿走。

放到貼鄰房間的西裝衣櫃裏，爾後輕輕地關上了門扉。

菊子看到映現在門扉內側鏡子裏自己的臉，不禁嚇了一跳。她有點躊躇，不知該去飯廳，還是該回臥室去。

「菊子。還是去睡覺不好嗎？」信吾說。

「嗯。」

信吾的話聲在回蕩。菊子聳了聳肩，沒有瞧信吾他們一眼，就回到居室裏去。

「你不覺得菊子的模樣有點異常嗎？」保子皺起眉頭說。

信吾沒有回答。

「也弄不清楚哪兒不舒服。一起來走動，就像要摔倒似的，真叫人擔心啊。」

「是啊。」

「總之，修一那件事非設法解決不可。」

信吾點了點頭。

「你好好跟菊子談談，好嗎？我帶著國子去接她母親，順便準備一下晚上的飯菜。真是的，房子又有房子的……」

保子把國子抱起來走開了。

「房子上郵局有什麼事嗎？」信吾說。保子回過頭來，回答：

「我也納悶吶。或許是給相原發信吧，他們已經分手半年了……回娘家來也快半年囉。那天是大年夜。」

「要發信，附近就有郵筒嘛。」

「那裏嘛……也許她覺得從總局發信會快而又準確無誤地到達呢。或許是突然想起相原，就迫不及待呢。」

信吾苦笑了笑。他感到保子很樂觀主義。

好歹把家庭維持至老年的女人，在她身上是存在樂觀的因子的。

信吾把保子剛才讀的四、五天報紙撿起來，漫不經心地溜了一遍，上面刊載了一條「兩千年的蓮子開了花」的奇聞。

報章報導：去年春上，在千葉市檢見川的彌生式古代遺跡的獨木舟上，發現了三粒蓮子，推測是約莫兩千年前的果實。某蓮花博士使它發了芽，今年四月他將那些苗分別植於千葉農業試驗場、千葉公園的池子，以及千葉市畑町的釀酒商之家等三個地方。這位釀酒商似乎是協助發掘遺跡的人。他在裝滿水的鍋裏培植，放置在庭院裏。這家釀酒商的蓮子最先開花。蓮花博士聞訊趕來，撫摸著美麗的蓮花說：「開花了，開花了！」蓮花從「酒壺型」發展到「茶碗型」、「盆型」，開盡成了「盤型」就凋謝了。報章還報導說：共有二十四瓣花瓣。

這則消息的下方還刊登了一幀照片：頭髮斑白、架著一副眼鏡的博士，手裏拿著剛開花的蓮莖。信吾重讀一遍這篇報導。博士現年六十九。

信吾久久地凝視著蓮花照片，爾後帶著這張報紙到菊子的居室裏去。

這是菊子和修一兩人的房間。在作為菊子陪嫁品的書桌上，擱著修一的禮帽。帽子旁邊有一疊信箋，也許菊子正要寫信吧。書桌抽屜的前方鋪著一塊繡花布。

似乎飄逸著一股香水的芳香。

「怎麼樣，還是不要老起來好嗎？」信吾坐在書桌前說。

菊子睜開眼睛，凝視著信吾。她剛要坐起來，信吾便制止說：別起來！她感到有點為難，臉頰緋紅了。但是，額頭蒼白，眉毛很美。

「妳看過那篇報導了嗎？兩千年前的蓮子開了花。」

「嗯。看過了。」

「看過了嗎？」信吾喃喃了一句，又說：

「要是跟我們坦白，菊子也不至於受這份罪吧。當天去當天回，這樣身體吃得消嗎？」

菊子嚇了一跳。

「我們談到孩子的事，是上個月吧……那時候，早就知道了是嗎？」

菊子枕在枕上的頭搖了搖。

「當時還不知道呢。要是知道了，我就不好意思談什麼孩子的事啦。」

「是嗎。修一說菊子有潔癖。」

信吾看見菊子的眼睛裏噙滿了淚水，也就不往下說了。

「不用再讓大夫瞧瞧了嗎？」

「明天去。」

翌日，信吾一從公司回到家裏，保子像是等得不耐煩地說：

「菊子回娘家去哩。說是在躺著呢……約莫兩點鐘佐川先生掛來電話，是房子接的。對方說，菊子順便回娘家了，說是身體有點不舒服，在臥床休息呢。雖說有點冒昧，請讓她在那裏靜養個兩、三天，然後再讓她回來。」

「是嗎。」

「我讓房子這樣說：明天叫修一探望去。據說是對方親家母接的電話。菊子不是回娘家去睡覺嗎？」

「不是。」

「究竟是怎麼回事？」

信吾脫下外衣，慢慢地解開領帶，一邊仰頭一邊說：

「她做了人工流產。」
「哦？」保子大吃一驚。
「哎喲，那個菊子？竟隱瞞我們……如今的人多麼可怕啊！」
「媽媽，您真糊塗。」房子抱著國子走進飯廳。
「我早就知道了。」
「妳怎麼知道的？」信吾不由自主地探問一句。
「這種事沒法說呀。總是要做善後處理的嘛。」
信吾再沒有二話可說了。

都苑

I

「咱們家的爸爸真有意思。」晚飯後，房子一邊將碟子和小碗粗魯地摞在盤子上，一邊說：

「對自己的女兒比對外來的兒媳婦還要客氣。對吧。媽媽？」

「房子。」保子以責備的口吻喊了聲。

「本來就是嘛，不是嗎？菠菜熬過頭，就說煮過頭不就很好嗎？又不是把菠菜煮爛了。還保持著菠菜的形狀嘛。要是用溫泉來煮就好了。」

「溫泉？什麼意思？」

「溫泉不是可以燙熟雞蛋、蒸熟饅頭嗎？媽媽吃過什麼地方的含鐳溫泉燙熟的雞蛋嗎？蛋白硬、蛋黃軟……不是說京都一家叫絲瓜亭的做得很好嗎？」

「絲瓜亭？」

「就是葫蘆亭嘛。無論怎麼窮，葫蘆亭總會知道的嘛。我是說絲瓜亭能把菠菜煮得很可口吶。」

保子笑了。

「倘使能看準熱度和時間，用含鐳溫泉煮菠菜來吃，就是菊子不在身邊，爸爸也會像大力水手卜派[29]那樣，吃得很開心的。」房子沒有笑。

「我討厭。太鬱悶了。」

房子借著膝頭的力量，將沉甸甸的盤子端起來，說：「瀟灑的兒子和美貌的兒媳不在身邊，連吃飯都不香了，對吧？」

信吾抬起臉來，正好與保子的視線相遇。

「真能嚼舌頭啊！」

---

29卜派（Popeye），美國新聞漫畫中的主人公，是個水手。

「本來就是嘛。連說話也不敢縱情地說，哭也不敢縱情地哭嘛。」

「孩子哭，沒法子啊。」信吾喃喃自語，微微張著嘴。

「不是孩子，是我吶。」房子一邊蹣跚地向廚房走去，一邊說：

「孩子哭，當然是無可奈何囉。」

廚房裏響起了將食具投到洗物槽裏的聲音。

保子驀地直起腰身來。

傳來了房子的抽噎聲。

里子向上翻弄眼珠，望了望保子，然後向廚房急步跑去。

信吾覺得這是令人討厭的眼神。

保子也站了起來，抱起身旁的國子，放到信吾的膝上。

「請照看一下這孩子。」

保子也向廚房走去。

信吾一抱住國子，覺得軟綿綿的，一下子就把她摟到懷裏。抓住孩子的腳。細細的腳踝和胖乎乎的腳心全抓在信吾的手掌裏。

「癢癢嗎？」

但是，孩子似乎不知道什麼叫癢癢。

信吾覺得這孩子就像早先還在吃奶時候的房子，為了給嬰兒房子換衣服，總讓她赤裸身子躺著，信吾撓她的胳肢窩，她抽抽鼻子，揮舞著雙手……信吾難得想起這些事。

信吾很少提及嬰兒時代的房子長得醜陋，因為話要脫口，保子姊姊那副美麗的姿影就浮現出來。

常言說：女大十八變。可是，信吾這個期待落空了。隨著年齡的增長，期待也就完全成為了泡影。

外孫女里子的長相，比她母親房子強些。小國子還有希望。

這樣看來，難道自己還想在外孫女這輩身上，尋覓保子她姊姊的姿影嗎？信吾不禁討厭起自己來。

儘管信吾討厭自己，但他卻被一種幻想所吸引，那就是：說不定菊子流產的嬰兒、這個喪失了的孫子，就是保子的姊姊投胎轉生？或是這孩子沒有出生的權利？信吾感到震驚。

信吾抓住國子腳丫的手一放鬆，孩子就從他膝上溜下來，想向廚房走去。她抱著胳膊，腳向前邁，腳跟不穩。

「危險！」信吾話音未落，孩子就摔倒了。

她向前倒，然後往一邊翻滾，很久都沒有哭。

里子揪住房子的衣袖，保子抱起國子，四人又折回了飯廳。

「爸爸真糊塗啊。媽媽。」房子邊擦餐桌邊說。

「從公司回到家，換衣服的時候，不論是汗衫或是和服，他都將大襟向左前扣，爾後繫上腰帶，站在那裏，樣子很是滑稽可笑。哪有人這樣穿的呢？爸爸恐怕是有生以來頭一回這樣穿吧？看來是真糊塗了。」

「不，以前也有過一回。」信吾說。

「那時候菊子說，據說在琉球不論是向左扣還是向右後扣都可以。」

「是嗎？在琉球？能有這種事嗎？」

房子又變了臉色。

「菊子為討好爸爸，很會動腦筋，真行啊。在琉球……真的可以嗎？」

信吾按捺住心頭的怒火。

「所謂汗衫這個詞兒，本來是從葡萄牙語借用過來的。要是在葡萄牙，誰知道衣襟是向左扣還是向右扣呢。」

「這也是菊子淵博的知識嗎？」

保子像是要從旁調解那樣，說：

「夏天的單衣，爸爸常常是翻過來穿的。」

「無意中翻過來穿，同糊裏糊塗地把衣襟向左扣，情況不一樣啊。」

「不妨讓國子自己穿和服試試，她可不知道衣襟該向左扣還是向右扣呢。」

「爸爸要返老還童還早吶。」房子以不屈從的口吻說。

「可不是嗎，媽媽，這不是太沒出息了嗎？兒媳回娘家一、兩天，爸爸也不至於把和服的大襟向左扣嘛。親生女兒回娘家來，不是快半年了嗎？」

房子打雨天的大年夜回娘家以後，至今可不是快半年了嗎。女婿相原也沒來說過什麼話，信吾也沒去會見過相原。

「是快半年了呀。」保子也附和了一聲。

「不過，房子的事和菊子的事毫不相干嘛。」

「是不相干嗎？我認為兩者都跟爸爸有關係。」

「因為那是孩子的事。妳想讓爸爸替妳解決嗎？」

房子低下頭來，沒有回答。

「房子不妨趁這個機會，把妳想說的話全抖落出來，這樣也就舒服了。正好菊子不在場。」

「是我不好。我也沒有什麼話值得一本正經地說，不過，不是菊子親手燒的菜，爸爸就一聲不響地只顧吃。」房子又哭了起來。

「可不是嗎？爸爸一聲不響地只顧吃，好像吃得很不香，我心裏也覺得不是滋味。」

「房子，妳還有許多話要說嘛。兩、三天前妳去郵局，是給相原發信吧？」

房子不禁一驚，搖了搖頭。

「房子好像也沒有別的什麼地方可寄信嘛，所以我認定是給相原寄的。」

保子的語氣異乎尋常的尖銳。

「是寄錢吧？」信吾察覺，保子像是背著自己給房子零花錢了。

「相原在什麼地方？」

說著，信吾轉過身來衝著房子，等待她的回答。但良久他又接著說：

「相原好像不在家。我每月都派公司裏的人去一趟，瞭解一下情況。與其說是派人去瞭解情況，莫如說是派人給相原的母親送些贍養費去。因為房子如果還在相原家，老太太或許就是房子理應照顧的人呢。」

「啊？」

保子不禁一愣。

「你派公司裏的人去了？」

「不要緊，那人很可靠，他絕不多打聽，也不多說話，如果相原在家，我倒想去跟他談談房子的事，可是去見那位腿腳有病的親家母也無濟於事。」

「眼下相原在做什麼？」

「唉，像是在秘密販賣毒品之類的東西；那也被當作手下人來使喚了吧。從喝杯酒開始，自己首先成了毒品的俘虜。」

保子害怕似的凝望著信吾。看樣子比起相原來，她更害怕迄今一直隱瞞此事的丈夫。

信吾繼續說：

「可是，這位腿腳有病的老母親早就不住在那家裏了。已經有別人住了進去。就是說房子已經沒啦。」

「那麼，房子的行李呢？」

「媽媽，衣櫃、行李早都空空如也了。」房子說。

「是嗎？帶一個包巾回來，妳就這樣招人喜歡嗎？唉！……」保子嘆了一口氣。

信吾懷疑：房子原來是知道相原的下落，才給他寄信的吧？

再說，沒能幫助相原免於墮落的責任在房子嗎？在信吾嗎？在相原自己嗎？

還是責任不在於任何人呢？信吾把視線投向暮色蒼茫的庭院。

II

十點光景，信吾到公司看見谷崎英子留下的一封信。

信上寫道：為少奶奶的事，我想見您也就來了。日後再造訪吧。

英子信上寫的「少奶奶」，無疑指的就是菊子。

英子辭職以後，岩村夏子代替她被分配到信吾辦公室裏來。信吾問夏子：

「谷崎什麼時候來的？」

「嗯，我剛到辦公室，在揩拭辦公桌的時候，八點剛過吧。」

「她等了一會兒嗎？」

「嗯，等了一會兒。」

夏子有個習慣，總愛發出凝重而深沉的「嗯」聲，信吾覺得有點討厭。也許這是夏子的鄉音。

「她去見修一了嗎？」

「沒有，我想她沒見修一就回去了。」

「是嗎。八點多鐘……」信吾喃喃自語。

英子大概是去洋裁縫鋪上班之前，順道來的吧。說不定午休時她還會再來呢。

信吾再次看了看英子在一張大紙的角落上所寫的小字，然後朝窗外望去。

晴空萬里，不愧是五月的天空。

坐在橫須賀線的電車裏，信吾也眺望過這樣的天空。觀望天空的乘客把車窗都打了開。

飛鳥掠過六鄉川熠熠生輝的流水，身上也閃爍著銀光。看上去紅色的公共汽車從北邊的橋上奔馳而過，似非偶然。

「天上大風，天上大風……」信吾無意識地反覆念叨贗品良寬匾額上的句子，眼睛卻望著池上的森林。

「噯呀！」他差點把身子探出左側的窗外。

「那棵松樹，也許不是池上森林裏的呢。應該是更近的呀。」

今早來看這兩棵最高的松，似是聳立在池上森林的跟前。是春天或是雨天的緣故吧，迄今遠近疊次並不分明。

信吾繼續透過車窗眺望，企圖確認一下這兩棵松。

再說，他每天都是在電車上眺望，總想去一趟松樹所在的地方確認一下。然而，雖說每天都打這兒經過，可是發現這兩棵松樹卻是最近的事。長期以來，他只是呆呆地望著池上本門寺的森林，就疾馳而過了。

今天是頭一回發現，那高聳的松樹似乎不是池上森林裏的樹。因為五月早晨的空氣很清新澄明。

信吾第二次發現，這兩棵松上半截相互傾向對方，像是要擁抱似的。

昨天晚飯後，信吾談及派人尋找相原的家、給相原的母親以些許幫助。憤憤不平的房子頓時變得老實了。

信吾覺得房子甚是可憐，彷彿發現了房子內心的什麼秘密。究竟發現了什麼秘密呢？他也不甚清楚，不像池上的松樹那樣一目了然。

提起池上的松樹，記得兩、三天前信吾在電車裏，一邊眺望松樹，一邊追問修一，修一才坦白了菊子做人工流產的事。

松樹已不僅是松樹了，松樹終於和菊子的墮胎糾纏在一起。上下班往返途中，信吾看到這棵樹，就不由地想起菊子的事來。

今天早晨，當然也是這樣。

修一坦白真相的當天早上，這兩棵松樹在風雨交加中變得朦朧，彷彿同池上的森林溶化在一起。然而今早，看上去松樹彷彿抹上了一層汙穢的色調，脫離了森林，同墮胎糾纏在一起了。也許是由於天氣過於明朗的緣故吧。

「在大好天氣的日子裏，人的情緒也會不好。」信吾嘟噥了一句毫無意義的話，他開始工作，不再眺望被窗戶隔開的天空了。

晌午過後，英子掛了電話來。她說：忙著趕製夏服，今天不出門了。

「工作真像妳所說的那麼忙嗎？」

「嗯。」

英子良久不言語。

「剛才的電話是從店裏掛來的？」

「嗯。不過，絹子不在場。」英子爽快地說出了修一情婦的名字。

「我是等絹子外出來著。」

「哦？」

「唉，明天早晨拜訪您。」

「早晨？又是八點左右？」

「不。明天我等您。」

「有急事嗎？」

「有呀，不是急事的急事啊。就我的心情來說，這是件急事。我希望早點跟您談。我很激動呢。」

「妳很激動？是修一的事嗎？」

「見面再談吧。」

雖說英子的「激動」並不可靠，不過，連續兩天她都說有話要談，難免使信吾感到惴惴不安。

信吾愈發不安，三點左右給菊子的娘家掛了回話。

佐川家的女傭去傳呼菊子。這時間，電話裏傳來了優美的悠揚樂聲。

菊子回娘家以後，信吾就沒有同修一談過菊子的事。修一似乎避而不談。

信吾想到佐川家去探望菊子，又顧慮會把事態擴大，也就打消了這個念頭。

信吾思忖：從菊子的性格來看，她不會向娘家父母兄弟談及絹子或人工流產的事吧。但是，誰知道呢。

聽筒裏傳來美妙的交響樂聲。

「……爸爸。」

響起了菊子親切的呼喚。

「爸爸，讓您久等了。」

「啊！」信吾鬆了一口氣，

「身體怎麼樣啦？」

「噢，已經好了。我太任性了，真對不起。」

「不。」

信吾說不上話來了。

「爸爸。」菊子又高興地叫了一聲，

「真想見您啊！我這就去行嗎？」

「這就來？不要緊嗎？」

「不要緊。還是想早點見到您，以免回家覺得不好意思，好嗎？」

「好。我在公司等妳。」

音樂聲繼續傳送過來。

「喂喂！」信吾呼喚了一聲。

「音樂真動聽啊！」

「哎唷，忘了關……是芭蕾舞曲《仙女們》。蕭邦組曲。我把唱片帶回去。」

「馬上就來嗎？」

「馬上就來。不過，我不願意到公司去，我還在考慮……」

片刻，菊子說：在新宿御宛會面吧。

信吾頓時張皇失措，終於笑了。

菊子覺得這是個好主意，她說：

「那裏一片綠韻，爸爸會感到心情舒暢的。」

「新宿御苑嘛，記得一次偶然的機會，我曾去那裏參觀過犬展覽會，僅此一次罷了。」

「我也準備去參觀犬展覽會，總可以嘛。」菊子笑過之後，依然聽見《仙女們》的芭蕾舞曲聲。

III

按照菊子約定的時間，信吾從新宿頭條的犬木門走進了御苑。

警衛室旁立著一塊告示牌，上面寫著：出租嬰兒車一小時三十元，蓆子一天二十元。

一對美國夫婦走過來，丈夫抱著個小女孩，妻子牽著一條德國獵犬。

進御苑裏的不只是美國夫婦，還有成雙成對的年輕情侶。漫步御苑的淨是美國人。

信吾自然地尾隨美國人之後。

馬路左側的樹叢看似落葉松，卻都是喜瑪拉雅杉。上回信吾來參加「愛護動物會」舉辦的慈善園遊會時，觀賞過這片美麗的喜瑪拉雅杉，可這片林子在哪一帶，現在卻怎麼也回想不起來了。

馬路右側的樹上都掛著樹名的牌子，諸如兒子槲樹、美麗松等等。

信吾以為自己先到，悠悠漫步，卻不知菊子早已坐在背向池畔銀杏樹的長椅上相候了。從大門走不遠就是個池子。池畔種植銀杏樹。

菊子回過頭來，欠身施了個禮。

「來得真早啊。比約定的四點半提前了十五分鐘哩。」信吾看了看錶。

「接到爸爸的電話，真高興，馬上就出門了。真不知有多麼高興啊！」菊子快嘴地說。

「那麼，妳等了好久囉？穿得這樣單薄行嗎？」

「行。這是我學生時代穿的毛衣。」菊子頓時靦腆起來。

「我沒有把衣服留在娘家，又不好借姊姊的和服穿來。」

菊子兄弟姊妹八人，她排行末。姊姊們全都出嫁了。她所說的姊姊，大概是指她的嫂子吧。

菊子穿的是深綠色的短袖毛衣，今年信吾似是第一次看到菊子裸露的胳膊。

菊子為回娘家住宿一事，向信吾鄭重地道了歉。

信吾頓時不知所措，慈祥地說了聲：

「可以回鎌倉嗎？」

「可以。」

菊子坦率地點了點頭。

「我很想回去呢。」說著她動了動美麗的肩膀，凝視著信吾。她的肩膀是怎麼動的呢？信吾的眼睛無法捕捉到，但他嗅到了那股柔和的芳香，倒抽了一口氣。

「修一去探望過妳嗎？」

「來過了。不過，要不是爸爸掛電話來……」

就不好回去嗎？

菊子話到半截，又咽了回去，就從銀杏樹的樹蔭下走開了。

喬木茂密而濃重的綠韻，彷彿灑落在菊子那纖細的後脖頸上。

池子帶點日本的風采，一個白人士兵一隻腳踩在小小的中之島燈籠上同妓女調情。池畔的長椅上坐著一對年輕情侶。

信吾跟著菊子，走到池子的右側，穿過樹林。

「真開闊啊！」他立刻驚訝地說了一聲。
「就是爸爸也會心曠神怡的，對吧？」菊子得意地說。
但是，信吾來到路邊的枇杷樹前就駐足，不願立即邁到那寬闊的草坪上。
「這棵枇杷的確茂盛啊！沒有東西阻礙它的生長，就連下方的枝椏也都得到自由、盡情地伸展開來。」
信吾目睹這樹自由自在的成長姿態，深受感動。
「樹的姿態多美啊！對了，對了，記得那一回來參觀犬展覽會，也看見成排的大棵喜瑪拉雅杉，它下方的枝椏也是盡情地伸展，真是令人心曠神怡啊。那是在哪兒呢？」
「靠新宿那邊唄。」
「對了，那回是從新宿方向進來的。」
「剛才在電話裏已經聽說了，您來參加了犬展覽會？」

「唔，狗不多。是愛護動物會為了募捐而舉辦的園遊會，日本觀眾很少，外國觀眾倒很多。大都是占領軍的家屬和外交官吧。當時是夏天。身纏紅色薄絹和淺藍色薄絹的印度姑娘們美極了。她們從美國和印度的商店出來。當時這種情景可十分稀罕。」

儘管這是兩、三年前的事，信吾卻想不起來究竟是哪個年頭了。

說話間，信吾從枇杷樹前邁步走開。

「咱們家庭院裏的櫻樹，也得把長在根周圍的八角金盤除掉呀！菊子要記住喲，回家以後別忘記囉。」

「嗯。」

「那棵櫻樹的枝椏不曾修剪過，我很喜歡。」

「枝繁葉茂，花也自然漫天紛飛……上月鮮花盛時，我和爸爸還聽了佛都七百年祭的寺廟的鐘吶。」

「這些事妳也記住啦。」

「唷，我一輩子也忘不了。是聽見了鳶的啼鳴。」

菊子緊靠著信吾，從大山毛櫸樹下走到寬闊的草坪上。

眼下一片翠綠，信吾豁然開朗了。

「啊！真舒暢！就像遠離了日本。真沒想到東京都內竟有這般地方。」信吾凝望著伸向新宿遠方的悠悠綠韻。

「據說在設計展望點上煞費了苦心，愈往遠處就愈覺得深邃。」

「什麼叫展望點？」

「就是瞭望線吧。諸如草坪的邊緣和中間的道路，都是緩緩的曲線。」

菊子說，這是她從學校到這兒來的時候，聽老師講解的。據說散植著喬木的這片大草坪，是英國式風景園林的樣式。

在寬闊草坪上看到的人，幾乎都是成雙成對的年輕情侶，有的成對躺著，有的坐著，還有的悠閒漫步在草坪上。還可以看到東一團五、六個女學生，西一簇三、五個孩子。信吾對這幽會的樂園驚訝不已，他覺得自己在這裏不合時宜。

大概是這樣一種景象：好像皇家花園解放了一樣，年輕的男女也解放了。

信吾和菊子走到草坪，從幽會的情侶中穿行而過，可誰也沒注意他們兩人。信吾盡量回避他們走了過去。

菊子怎麼想法呢？僅就一個年邁的公公和一個年輕的媳婦上公園來這件事，信吾就覺著有點不習慣了。

菊子來電話提出在新宿皇家花園會面時，信吾並不太在意，但來到這裏一看，總有點異樣的感覺。

草坪上屹立著一棵格外挺拔的樹，信吾被這棵樹吸引住了。

信吾抬頭仰望大樹。當走近這棵參天大樹的時候，也深深地感受到這樹碧綠的品格和分量。大自然蕩滌著自己和菊子之間的鬱悶。「就是爸爸也會心曠神怡的，」他覺得這樣就行了。

這是一棵百合樹。靠近才知道原來是由三棵樹合成一棵的姿態。花像百合，也像鬱金香，豎著的說明牌上寫道：亦稱鬱金香。原產北美，成長快，此樹樹齡約五十年。

「哦，有五十年嗎？比我年輕啊。」信吾吃驚地仰視著。

葉茂的枝杈凌空伸張著，好像要把他們兩人摟抱住隱藏起來似的。

信吾落坐在長椅上。但是，心神不定。

他旋即又站立起來。菊子感到意外，望了望他。

「那邊有花，去看看吧。」信吾說。

草坪對面有個高處，像是花壇。一簇簇潔白的花，同百合樹的垂枝幾乎相接觸，遠望格外嬌豔。信吾一邊越過草坪，一邊說：

「歡迎日俄戰爭的凱旋將軍大會，就是在這皇家花園舉行的呢。那時我不到二十歲，住在農村。」

花壇兩側栽種著成排蒼勁的樹，信吾落坐在樹與樹之間的長椅上。

菊子站在他跟前。說道：

「明早我就回去啦。也請告訴媽媽一聲，不要責怪我……」說罷，她就在信吾的身旁坐了下來。

「回家之前，倘使有什麼話要跟我說，就……」

「跟爸爸說？我有滿肚子的話想說呢。」

IV

翌日清晨，信吾盼望著菊子歸來，可菊子還沒歸來他就出門去了。

「她說了，不要責怪她。」信吾對保子說。

「豈止不責怪她，還要向她道歉吶，不是嗎？」保子也露出了一副明朗的神色。

信吾決定盡可能給菊子掛個電話。

「你這個父親對菊子的影響真大啊？」

保子將信吾送到大門口。

「不過，倒也好。」

信吾到了公司，片刻英子就來了。

「啊！妳更漂亮了，還帶著花。」信吾和藹可親地迎接了她。

「一上班就忙得抽不出身來，所以我就在街上溜達了一圈。花鋪真美啊。」

英子一本正經地走到信吾的辦公桌前，用手指在桌面上寫道：「把她支開。」

「哦？」

信吾呆然。

「請妳出去一會兒。」他對夏子說。

夏子離開辦公室的時候，英子找來了一只花瓶，將三朵玫瑰花插了進去。她穿一身連衣裙，不愧是洋服裁縫店的女店員，像是又發福了。

「昨天失禮了。」英子用不自然的口吻說：

「一連兩天前來打攪，我……」

「啊，請坐。」

「謝謝。」英子坐在椅子上，低下頭來。

「今天又讓妳遲到啦。」

「唉，這件事……」

英子一抬頭望著信吾，就屏住氣息，像要哭似的。

「不知可以說嗎？我感到憤慨，也許是太激動了。」

「哦？」

「是少奶奶的事。」英子吞吞吐吐地說。

「做人工流產了吧。」

信吾沒有作答。

英子怎麼知道的？不至於是修一告訴她的吧。英子和修一的情婦同在一家店鋪裏工作。信吾有點厭惡，感到不安起來。

「做人工流產也可以……」英子躊躇了。

「這件事是誰告訴妳的？」

「醫院的費用，是修一從絹子那裏拿來支付的。」

信吾不禁愕然。

「太過分了。這種做法，太侮辱女人了，真是麻木不仁！少奶奶好可憐，我真受不了。雖說修一可能把錢給了絹子，或許他是拿自己的錢，不過我們很膩煩他。他和我們的身分不同，這點錢修一總拿得出來吧。難道身分不同，就可以這樣做嗎？」

英子極力抑制住自己瘦削肩膀的顫慄。

「絹子拿出錢來，有絹子的具體情況。我不明白。我惱火，膩煩極了。無論如何也要來跟你說：哪怕不再與絹子共事，我也認了。來告訴您這些多餘的話，是不好的，可……」

「不，謝謝妳。」

「在這兒心情好受了些。我只見過少奶奶一面，可卻很喜歡她。」

英子噙滿淚水的眼睛閃閃發光。

「請讓他們分手吧。」

「嗯。」

英子肯定是指絹子的事，聽起來卻又像是請讓修一和菊子分手。

信吾就那麼被摧垮了。

他對修一的麻木不仁和萎靡不振感到震驚，覺得自己也在同樣的泥潭裏蠕動著。在黑暗的恐怖面前，他也顫抖起來。

英子盡情地把話說完以後，要告辭了。

「唉，算了。」信吾有氣無力地加以挽留。

「改天再來拜訪。今天太不好意思了，還掉了眼淚，實在討厭。」

信吾感受到英子的善良和好意。

他曾經認為英子是依靠絹子，才能同在一家店鋪裏工作，這是麻木不仁，感到震驚不已，豈知修一和自己更是麻木不仁。

他茫然地望著英子留下的深紅色玫瑰。

他聽修一說過：菊子性情潔癖，在修一有情婦的「現狀」下，她不願意生孩子。然而，菊子的這種潔癖，不是完全被糟蹋了嗎？

菊子不瞭解這些，此刻她大概已經回到鐮倉宅邸了吧。信吾不由地合上了眼睛。

# 傷後

I

星期天早晨，信吾用鋸子把盤纏在櫻樹下的八角金盤鋸掉了。

信吾心想：倘若不刨根，恐怕無法根除。

「一出芽就弄斷算了。」他喃喃自語。

以前也曾鏟除過，誰知道根株反而蔓延成這個樣子。現在信吾又懶得去鏟除，也許已經沒有刨根的力氣了。

八角金盤雖然一鋸就斷，但它盤根錯節，弄得信吾滿頭大汗。

「我幫您忙吧。」修一不知什麼時候走了過來。

「不，不用。」信吾冷淡地說。

修一兀立了一會兒，說：

「是菊子叫我來的啊。她說爸爸在鋸八角金盤，快去幫忙吧。」

「是嗎?不過，快鋸完了。」

信吾在鋸倒了的八角金盤上坐了下來，往住家的方向望去，只見菊子倚立在廊沿的玻璃門上。她繫著一條華麗的紅色腰帶。

修一拿起了信吾膝上的鋸子。

「都鋸掉吧。」

「嗯。」

信吾注視著修一俐落的動作。

剩下的四、五棵八角金盤，很快就被鋸倒了。

「這個也要鋸嗎?」修一回頭衝著信吾問道。

「這個嘛，等一等。」信吾站了起來。

生長著兩、三株小櫻樹。像是在母樹根上長出來的，不是獨立的小樹，或許是枝椏吧。

那粗大的樹幹之下，長出枝椏，似小小的插條，上面還帶著葉子。

信吾稍稍遠離，瞧了瞧說：

「還是從泥土裏長出來的，把它鋸掉好看些。」

「是嗎？」

但是，修一不想馬上把那棵幼櫻鋸掉，他似乎覺得信吾所思所想太無聊了。

菊子也來到庭院裏。

修一用鋸子指了指那棵幼櫻，微笑地說：

「爸爸在考慮要不要把它鋸掉吶。」

「還是把它鋸掉好。」菊子爽快地說。

信吾對菊子說：

「究竟是不是樹枝，我一時判斷不出來呢。」

「從泥土裏，怎麼會長出樹枝來呢。」

「從樹根長出來的枝，叫作什麼呢？」信吾也笑了。
修一不言聲，把那棵幼櫻鋸掉了。
「不管怎麼說，我是想把這棵櫻樹的所有枝椏全部留下來，讓它自然生長，愛怎麼伸展就怎麼自由伸展。八角金盤是個障礙，才把它鋸掉的。」信吾說。
「哦，把樹幹下的小枝留下來吧。」
菊子望了望信吾說。
「小枝太可愛了，像筷子也像牙籤，上面還開了花，太可愛了。」
「是嗎？開了花嗎？我沒注意到。」
「是開花了。小枝上開了一簇花，有兩、三朵……在牙籤似的枝子上也有只開一朵花的。」
「哦？」
「不過，這樣的枝椏能長大嗎？這樣可愛的枝椏，要長到新宿御苑的枇杷和山桃的下枝那麼大，我就成個老太婆啦。」

「也不一定。櫻樹長得很快啊。」信吾邊說邊把視線投在菊子的臉上。

信吾和菊子去過新宿御苑的事，他卻既沒有向妻子提起，也沒有對修一談過這件事。

但是，菊子回鎌倉的家以後，是不是馬上向丈夫說了實話呢？其實也談不上什麼實話，菊子似是漫不經心地說了。

如果說修一不便道出「聽說您和菊子在新宿御苑相會了？」那麼也許應該由信吾說出來才是。可是，他們兩人誰都沒有言及這件事。彷彿有什麼東西在作梗。也許修一已經從菊子那裏聽說了，卻佯裝不知呢。

然而，菊子的臉上絲毫未露出拘束的神色。

信吾凝視著櫻樹幹上的小枝，腦海裏描繪出這樣一幅圖景：這些柔弱的小枝，在意想不到的地方抽出了新芽，宛如新宿御苑大樹下枝那般伸展開去。

倘使它們長長地低垂在地面上，爬向四方，開滿了花，該是多美多壯觀啊。但是，信吾不曾見過這樣的櫻枝。也不曾記得自己見過從大櫻樹幹的根上長出的枝椏伸展的景象。

「鋸下來的八角金盤拾到什麼地方？」修一說。

「隨便掃攏到一個角落上去就行了。」

修一將八角金盤扒攏在一起，摟在胳肢窩下，要把它硬拖著走。菊子也拿起三、四棵尾隨在後，修一體貼地說：

「算了，菊子……還是多注意身子。」

菊子點點頭，把八角金盤放回原處，停步不前了。

信吾走進屋裏。

「菊子也進庭院幹麼？」保子摘下老花眼鏡說。

保子正在把舊蚊帳改小，給小外孫睡午覺用。

「星期天，兩人待在自家的庭院裏，實在難得。菊子打從娘家回來，兩人的感情就好起來了。真是不可思議啊。」
「菊子也很傷心。」信吾嘟噥了一句。
「也不盡然。」保子加重語氣地說。
「菊子是個好孩子，總是掛著一副笑臉，但她很久沒有像今天這樣，帶著欣喜的眼神歡笑了，不是嗎？看見菊子那副欣喜而略顯消瘦的笑臉，我也……」
「唔。」
「最近，修一也早早地從公司回到家裏來，星期天也待在家裏，真是不打不成交啊。」
信吾坐在那裏默不作聲。
修一和菊子一起走進屋裏。
「爸爸，里子把您愛惜的櫻樹嫩芽拔光了。」修一說著，將指間挾著的小枝舉起讓信吾看了看。

「里子覺得拔八角金盤挺好玩，就把櫻樹的嫩芽全拔光了。」

「是嗎。這嫩枝正好供孩子拔著玩呢。」信吾說。

菊子佇立在那裏，把半邊身子藏在修一背後。

II

菊子從娘家回來的時候，信吾到得一份禮物：日本國產電動剃刀。送給保子的是腰帶繩，送給房子的是里子和國子的童裝。

後來信吾向保子探聽：「她給修一帶什麼來了吧？」

「是折疊傘，好像還買來美國產的梳子呢。梳套的一面是鏡子……據說梳子是表示緣分盡了，一般不送人的。大概菊子不懂吧。」

「要是美國，就不講究這些。」

「菊子自己也買了同樣的梳子。顏色不同，稍小點兒。房子看見了，說很漂亮，菊子就送給了她。菊子從娘家回家，難得買了一把和修一一樣的，是把很好的梳子。房子不該要走嘛，不就是一把梳子，竟麻木到這種程度。」

保子覺得自己的女兒真可憐。

「給里子和國子的衣服，是高級絲綢做的，很適合穿出門。雖說沒有給房子送禮，可送給兩個孩子，不就等於送給房子了嗎。把梳子要走，菊子會覺得沒給房子買什麼，這樣不好。菊子為了那樣的事回娘家，實在不應該給我們帶禮物嘛。」

「是啊。」

信吾也有同感，但也有保子所不知道的憂鬱。

菊子為了買禮物，大概給娘家的父母添麻煩了。菊子做人工流產的費用，也是修一讓絹子出的，由此可以想見修一和菊子都沒有足夠的錢買禮物。菊子可能覺得修一支付了她的醫療費，就向自己的父母硬要了錢來買禮物。

已經很長時間沒給菊子零花錢了，信吾懊悔不已。他不是沒察覺到，而是因為菊子和修一夫婦間的感情產生齟齬，她與做公公的自己愈來愈親密，自己反而像有隱私似的，更難以給菊子零花錢了。但是，自己沒有設身處地為菊子考慮，或許這也像房子硬把菊子的梳子要走一樣呢。

當然菊子會覺得正因為修一放蕩不羈，才手頭拮据，自己怎麼好向公公伸手要零花錢呢。然而，信吾如果體諒到她的難處，菊子也就不至於使用丈夫情婦的錢去墮胎、蒙受這樣的恥辱了。

「不買禮物回來，我更好受些啊。」保子思索似的說，「加起來是一筆相當大的開銷啊。估計得花多少呢？」

「這個嘛……」

信吾心算了一下。
「電動剃刀是什麼價錢，我估計不出來。我還未曾見過那玩意兒呢。」
「是啊。」保子也點了點頭。
「如果這是摸彩，你這個做父親的準會中頭獎。因為是菊子的事，當然會囉。首先，發出聲音就會啟動的吧。」
「刀齒不動。」
「會動的。不動怎麼刮鬍子？」
「不。無論怎麼看，刀齒也不動呀。」
「是嗎？」
保子嗤嗤地笑了。
「瞧你這股高興勁，就跟孩子得到玩具一樣。光憑這副神態，就該中頭獎啦。每天早晨使用剃刀，吱吱作響，連吃飯的時候也不時撫摸下巴，洋洋自意，弄得菊子都有點不好意思了。不過，她還是很高興。」

「也可以借給妳用呀。」說著信吾笑了。保子搖了搖頭。

菊子從娘家回來那天，信吾和修一從公司一起回到家裏來，傍晚在飯廳裏，菊子送的禮物電動剃刀很是受歡迎。

擅自回娘家住宿的菊子、還有逼使菊子墮胎的修一一家，重聚的場面不甚自然，可以說電動剃刀起到了代替寒暄的作用。

房子當場讓也里子和國子穿上了童裝，並對衣領和袖口入時的刺繡贊不絕口，露出一副明朗的神色。信吾則一邊看剃刀的「使用須知」，一邊當場做了示範。

全家人都注視著信吾。彷彿在觀察電動剃刀的效果如何？

信吾一隻手拿著電動剃刀，在下巴頦上移動著；一隻手拿著「使用須知」，嘴裏念著「上面寫著也能容易剃淨婦女脖頸根的汗毛呢」。他念罷，望了望菊子的臉。

菊子的鬢角和額頭之間的髮際，著實美極了。以前信吾似乎未曾留意到。這部分髮際，惟妙惟肖地描劃出了可愛的線條。

細嫩的肌膚，和長得齊整的秀髮，線條清晰而鮮明。

菊子那張缺少血色的臉上，雙頰反而泛起淡淡的紅潮，閃爍著欣喜的目光。

「妳爸爸得到一件好玩具啦。」保子說。

「哪是玩具。這是文明的利器，是精密的器械。它標上器械編號，還蓋上器械檢驗、調節、完成和責任者的圖章。」

信吾滿心高興，時而順著時而又逆著鬍子茬移動著剃刀。

「據說皮膚粗的人也可以使用，不用肥皂和水。」菊子說。

「唔。上年紀的人使用剃刀往往會被皺紋卡住吶。這個，妳也可以用嘛。」

信吾想把剃刀遞給保子。

保子懼怕似的往後退了幾步。

「我可沒有鬍子呀。」

信吾瞧了瞧電動剃刀的刀齒，爾後戴上老花眼鏡又看了一遍。

「刀齒沒有轉動，怎麼能把鬍子刮下來呢？馬達在轉動，刀齒卻不動哩。」

「是嗎？讓我瞧瞧。」修一把手伸出去，可信吾馬上將剃刀遞給了保子。

「真的，刀齒好像沒有轉動，就像吸塵器一樣，不是把塵埃吸進去嗎？」

「也不知道刮下來的鬍子到哪兒去了。」信吾說罷，菊子低頭笑了。

「接受了人家的電動剃刀，買一台吸塵器回禮怎麼樣？買洗衣機也可以。也許會幫上菊子很大的忙呢。」保子說。

「是啊。」信吾回答了老伴。

「這種文明利器，咱們家一件也沒有。就說電冰箱吧，每年都說要買要買，可都沒有買。今年也該購買了。還有烤麵包機，只要按一下電鈕，待麵包烤好後，就會自動把麵包彈出來，很方便哩。」

「這是老太婆的家庭電氣化論吧？」

「妳這個做爸爸的，只是嘴上說心疼菊子，不名副其實嘛。」

信吾把電動剃刀的電線拔掉。剃刀盒子裏裝著兩種刷子。一把像小牙刷，一把像刷瓶刷，信吾將這兩把刷子試了試。他用那把像刷瓶刷清理了刀齒後面的洞，忽然往下一瞧，極短的小白毛稀稀落落地飄落在自己的膝上。他只看見了小白毛。

信吾悄悄地拂了拂膝頭。

III

信吾馬上買來了吸塵器。

早餐時，菊子使用吸塵器發出的聲音和信吾使用電動剃刀的馬達聲交織在一起，信吾總覺得有點滑稽可笑。

然而，或許這是家庭煥然一新的音響。

里子也覺得吸塵器很稀奇，跟著菊子走。

也許是電動剃刀的關係吧，信吾做了一個鬍子的夢。

夢裏，信吾不是出場人物，而是旁觀者，因為是夢，出場人物和旁觀者的區別不是很明顯。而且事情發生在信吾沒有踏足過的美國。後來信吾琢磨：大概是菊子買回來的梳子是美國的產品，由此而做了美國的夢吧。

信吾的夢裏，美國各州的情況不一，有的州英國居民多，有的州西班牙居民多。因此，不同的州，人們的鬍子也各具特色。一覺醒來，信吾已記不清鬍子的顏色和形狀有什麼差別了。但夢中的信吾是清清楚楚地識別美國各州的，也就是各色人種的鬍子差異。醒來之後，連州名也忘了，卻還記得有個州出現了一名男子，他集各州、各色人種的鬍子特色於一身。但這並不是各色人種的鬍子摻雜在這個漢子的鬍子裏，而是劃分這部分鬍子屬法國型、那部分鬍子屬印度型，都集中在一人的鬍子上。也就是說，這名男子的鬍鬚一束束地下垂，每束都是根據美國各州、各色人種而異。

美國政府把這男子的鬍鬚指定為天然紀念物。指定為天然紀念物，這名男子就不能再亂刮、也不能再修飾自己的鬍子了。

這個夢，僅此而已。信吾看到這男子美麗、彩色斑斕的鬍子，覺得它有幾分像自己的鬍子似的。這男子的得意與困惑，彷彿也成了信吾自己的得意與困惑。

這個夢，沒有什麼情節，只是夢見了這個長鬍子的男子。

這男子的鬍子當然很長。或許是信吾每天早晨都用電動剃刀把鬍子刮得乾乾淨淨，反而夢見鬍子無限制地增長吧。不過，鬍子被指定為天然紀念物，也未免太滑稽了。

這是個天真爛漫的夢。信吾本想早起之後告訴大家，讓大家高興高興，但他聽見雨聲，一忽兒復又入睡，過了片刻再次被噩夢給驚醒。

信吾撫摸著細尖而下垂的乳房。乳房一如原來的柔軟。女子無意對信吾的手有反應，因而乳房也沒有鼓起來。嘿！真無聊。

信吾撫觸了女子的乳房，卻不知道女子是誰。與其說不知道，莫如說他壓根兒就沒去考慮她是誰。女子沒有臉面也沒有身子，彷彿只有兩個乳房懸在空中。於是，信吾才開始思索她是誰。女子這就成了修一朋友的妹妹。但是信吾沒有受到良心的譴責或刺激。女子的印象很淡薄。姿影也很朦朧。乳房雖是未生育過女人的乳房，信吾卻覺得她並不是處女。他發現她手指上純潔的痕跡，倒抽了一口氣。心想：真糟糕，但並不覺得這是壞事。

「想當個運動員吧。」信吾嘟噥了一句。

對這種說法，信吾感到震驚。夢也破滅了。

信吾發覺「嘿，真無聊。」是森鷗外的臨終遺言，像是在報上讀過。從令人討厭的夢中驚醒過來，首先想起了鷗外的臨終遺言，又與自己的夢話結合在一起，這是信吾自己的遁辭吧。

夢中的信吾，沒有愛，也沒有歡樂。甚至沒有淫猥的夢的淫猥念頭。簡直就是「嘿，真無聊。」夢寐不安，太乏味了。

信吾在夢中並沒有侵犯那名女子，也許是剛要侵犯而沒有侵犯吧。假如在激動或恐懼的顫慄中去侵犯她，醒來後還是會扯上罪惡的名聲。

信吾回憶近年來自己所做過的淫猥之夢，對方多半是些下流的女人。今夜夢中的女子也是如此。難道連做夢也害怕因姦淫而受到道德的譴責嗎？

信吾想起修一朋友的妹妹來。他頓覺心胸開闊了。菊子嫁過來之前，這朋友的妹妹就和修一有過交往，也論及婚嫁。

「啊！」信吾恍如觸電一般。

夢中的女子，不就是菊子的化身嗎？就是在夢中，道德也的的確確有著影響，難道不是借助了修一朋友的妹妹、作為菊子的替身嗎？而且為了隱瞞亂倫關係，也為了掩飾良心的譴責，不是又把替身的妹妹，變成比這女子更低下、毫無風趣的女人嗎？

倘使信吾的欲望能隨意擴展，倘使信吾的人生能隨意安排，那麼信吾就會愛上處女的菊子，也就是說會愛上和修一結婚之前的菊子，難道不是嗎？

這內心受到的壓抑、扭曲，在夢境中醜陋地表現了出來。信吾自己是不是企圖在夢中把這些隱瞞起來、欺騙自己呢？

假託那個在菊子結婚之前、曾與修一論及婚嫁的女子，而且使那姑娘的姿影也變得朦朧，這難道不正是極端害怕這女子就是菊子嗎？

事後回想，夢中的對象是朦朧的，夢的情節也是模糊的，而且記不清楚，撫摸乳房的手也無快感，這不能不令人起疑；醒來時，油然生起一種狡猾的念頭：是不是要把夢消抹掉呢？

「是夢。指定鬍子為天然紀念物只是一場夢。解夢這類事是不可信的。」信吾用手掌揩了揩臉。

毋寧說夢使信吾感到全身寒顫。醒後毛骨悚然，汗流浹背。

做了鬍子的夢之後，隱隱聽見似毛毛細雨的雨聲，現在卻已風雨交加，敲打著屋宇。連鋪席都幾乎濡濕了。不過，這像是一場暴風驟雨的聲音。

信吾回想起四、五天前，在友人家中觀賞過的渡過崋山的水墨畫。畫的是一隻烏鴉落在枯木的頂梢。

畫題是：「烏鴉掠過五月雨，頑強攀登迎黎明。」

讀了這首詩，信吾似乎明白了這幅畫的意思，也體會了崋山的心情。

這幅畫描繪了烏鴉落在枯木頂梢，任憑風吹雨打，一心只盼黎明。畫面用淡墨來表現強勁的暴風雨。信吾已記不清枯樹的模樣，只記得一株粗粗的樹幹攔腰折斷。烏鴉的姿態卻記得一清二楚。不知是因為正在入睡或是被雨濡濕，或是兩者兼有的緣故，烏鴉略顯臃腫。嘴巴很大。上廾烏啄的墨彩洇了，顯得更加鼓大。烏眼睜開，卻顯得不很清醒，或許是在昏睡吧。但這是一雙彷彿含著怒火、有神的眼睛。作者特意描繪了烏鴉的姿態。

信吾只知道崋山貧苦，切腹自殺了。然而，信吾卻感受到這幅《風雨曉烏圖》表現了崋山某個時期的心境。

也許朋友為了適應季節，才把這幅畫掛在壁龕裏的吧。

「這是一隻神氣十足的烏鴉，」信吾說：

「不叫人喜歡。」

「是嗎？戰爭期間，我常常觀看這隻烏鴉，時而覺得這是什麼玩意兒？什麼烏鴉？時而覺得它又有一種沉靜的氛圍。不過老兄，倘使像崋山那樣，為區區小事動不動就切腹自殺，我們該不知要切腹自殺多少回啦。這就是時代的變遷啊！」友人說。

「我們也盼過黎明……」

信吾心想：風雨交加的今夜，那幅烏鴉圖大概仍掛在友人的客廳裏吧。想著想著眼前就浮現出那幅畫來。

信吾尋思：今夜家裏的鳶和烏鴉，不知怎麼樣了呢？

## IV

信吾第二次夢醒之後，再也不能成眠，就盼著黎明，卻不像崋山那隻烏鴉那樣頑強、那樣神氣十足。

不論夢見菊子也好、修一朋友的妹妹也罷，在淫猥的夢中卻沒有閃爍淫猥的心理，回想起來是多麼可悲啊。

這比任何姦淫都更加醜惡。大概就是所謂的老朽吧。

戰爭期間，信吾沒有跟女人發生過關係。他就這樣過來了。論年齡還不至於到這種地步，卻已經成為一種習性。他任憑戰爭壓抑，也無心奪回自己的生命。戰爭似乎迫使他的思考能力落進了狹窄的常識範圍之內。

與自己同齡的老人是不是很多都這樣呢？信吾也曾想探問友人，又擔心會招來別人恥笑是窩囊廢。

就算在夢中愛上菊子，不也是很好嗎？幹麼連做夢都害怕、顧忌什麼呢？就算在現實裏悄悄愛上菊子，不也很好嗎？信吾試圖重新這樣思考問題。

然而，信吾的腦海裏又浮現了蕪村[30]的「老身忘戀淚縱横」的俳句，他的思緒就快衰萎了。

---

30 與謝蕪村（一七一六—一七八三），日本江戶中期俳句詩人、畫家。

修一有了外遇，菊子和他之間的夫妻關係就變淡了。菊子墮胎之後，兩人的關係變得緩和而平靜。比起平常來，暴風雨之夜菊子對修一更撒嬌了。修一酩酊大醉而歸之夜，菊子也比平常更溫存地原諒了他。

這是菊子的可憐之處？還是菊子的冒傻氣？

這些，或許菊子都意識到了。或許尚未意識到。說不定菊子在順從造化之妙、生命之波呢？

菊子用不生育來抗議修一，也用回娘家來抗議修一，同時這裏也表現了菊子自身難以忍受的悲傷。可是，兩、三天後她回來了，和修一的關係又完全和好如初。這些舉動像是抱歉自己的罪過，也像是撫慰自己的創傷。

在信吾看來，這算是什麼，太無聊了。不過，唉，也算是好事吧。

信吾還這樣想：絹子的問題暫時置之不理，聽其自然解決吧。

修一雖是信吾的兒子，可菊子落到非與修一結合不可這步田地，信吾不由懷疑不已：他們兩人是理想的、命中注定的夫妻嗎？

信吾不想把身邊的保子喚醒。他點燃枕旁的電燈，沒有看清手錶，可外面已經大亮，寺廟六點的鐘聲該響了。

信吾想起新宿御苑的鐘聲。

那是黃昏行將閉園的信號。

「好像是教堂的鐘聲呢。」信吾對菊子說。他覺得此刻彷彿穿過某西方公園的樹叢在奔向教堂。聚集在御苑出口的人群，也似向教堂走去。

信吾睡眠不足，還是起來了。

信吾不好意思瞧菊子的臉，早早就同修一一起出門去。

信吾冷不防地說：

「你在戰爭中殺過人嗎？」

「什麼？倘若中了我的機關槍彈是會死去的吧。但是，可以說，拿機關槍掃射的不是我。」

修一露出一副厭惡的神色，把頭扭向一邊。

白天止住的雨，夜間又起了暴風雨。東京籠罩在濃霧之中。

公司的宴會結束後，信吾從酒館裏出來，坐上最後一班車把藝妓送走。兩個半老徐娘坐信吾身旁，三個年輕的坐在背後的人的膝上。信吾把手繞到一個藝妓胸前，攥住腰帶把她曳到自己身邊。

「行啊！」

「對不起。」藝妓安心地坐在信吾的膝上。她比菊子小四、五歲。

為了記住這個藝妓，信吾本想乘上電車，就將她的名字記在筆記本上，可是這僅是偶然生起的歹念；上車後，信吾似乎把要記下她名字的事就忘得一乾二淨了。

# 雨中

I

這天早晨，菊子最先讀了報紙。

雨水把門口的郵箱打濕了，菊子用燒飯的煤氣火烘乾了濡濕的報紙，一邊在讀著。

信吾偶爾早醒，也會出去拿報紙，然後再鑽進被窩裏讀。不過，拿晨報一般都是菊子的任務。

菊子一般是送走信吾和修一之後才開始讀報的。

「爸爸，爸爸。」菊子在隔扇門外小聲呼喚。

「什麼事？」

「您醒了，請出來一下……」

「是哪裡不舒服嗎？」

從菊子的聲音聽來，信吾以為是那樣，於是立即起來了。

菊子拿著報紙站在走廊上。

「怎麼啦？」

「報上登了有關相原的事。」

「相原被警察逮捕了嗎？」

「不是。」

菊子後退了一步，將報紙遞給信吾。

「啊，還濕的。」

信吾無意接過了報紙，只伸出一隻手，濡濕的報紙便啪的掉落。菊子用手接住了報紙的一端。

「我看不清啊，相原怎麼啦？」

「殉情了。」

「殉情？……死了嗎？」

「報上寫的，聽說保住性命了。」

「是嗎。等一等。」信吾放下報紙正要離去，又問：

「房子在家裏嗎？還睡著吧。」

「嗯。」

昨晚夜深，房子確確實實還跟兩個孩子睡在家裏呢。她不可能和相原一起去殉情啊。再說今早的晨報也不可能這麼快刊登。

信吾雙眼盯著廁所窗外的風雨，想讓心潮平靜下來。雨珠從山麓垂下的又薄又長的樹葉上，不斷地迅速流了下來。

「是傾盆大雨嘛，哪像是梅雨呢。」信吾對菊子說。

他剛在飯廳坐下，正要讀手上的報紙，老花眼鏡卻從鼻梁上滑了下來。他咋了咋舌頭，摘下眼鏡，滿心不高興地從鼻梁到眼眶揉了揉。有點發滑，真令人討厭。

還沒有讀完一條簡訊，眼鏡又滑了下來。

相原是在伊豆蓮台寺溫泉殉情的。女的已經逝去。模樣是個二十五、六歲的女招待。身分不明。男的似是常用毒品的人，可望保住性命。由於常用毒品，又沒有留下遺書；也就有詐騙的嫌疑。

信吾真想抓住滑落到鼻尖的眼鏡、一把將它扔掉。

信吾是因為相原殉情而惱火，還是因為眼鏡滑落而生氣，著實難以分辨。

信吾用手掌胡亂擦了一把臉，站起來就向盥洗間裏走去。

報上刊登，相原在住宿簿上填寫的地址是橫濱。沒有刊登妻子房子的名字。

這段新聞報導，與信吾一家無關。

所謂橫濱是無稽之談。也許是由於相原無固定的住處。也許房子已經不是相原的妻子了。

信吾先洗臉後刷牙。
信吾至今依然認為房子是相原的妻子，他受到這種思緒的牽動，感到煩惱，也感到迷惘。這大概不過是信吾的優柔和感傷吧。
「還是留待時間去解決吧。」信吾嘟噥了一句。
信吾遲遲沒解決的問題，難道時間終將會把問題給解決嗎？
相原落到這種地步之前，難道信吾就無法拉他一把嗎？
還有，究竟是房子迫使相原走向毀滅呢，還是相原引誘房子走向不幸？不得而知。假使說他們具有迫使對方走向毀滅和不幸的性格，那麼也具有由於對方引誘而走向毀滅和不幸的性格。
信吾折回飯廳，一邊喝熱茶一邊說：
「菊子，妳知道吧，五、六天前，相原把離婚申請書郵寄來了。」
「知道。爸爸生氣了？……」

「嗯。真讓人生氣。房子也說，太侮辱人了。也許這是相原尋死前做的善後處理吧。相原是有意識自殺的，而不是詐騙，毋寧說女的被當作同路人了。」

菊子顰蹙著美麗的雙眉，沉默不語。她穿著一身黑條紋的絲綢衣裳。

「把修一叫醒，請他到這裏來。」信吾說。

菊子站起來走開，信吾望著她的背影，也許是穿和服的緣故吧，她似乎長高了。

「聽說相原出事了？」修一對信吾說罷，就拿起了報紙。

「姊姊的離婚申請書送出去了吧？」

「沒有，還沒有呢。」

「還沒送出去嗎？」修一抬起臉來。

「為什麼？哪怕在今天，還是早點送出去好。要是相原救不活，那不成了死人提出離婚申請了嗎？」

「兩個孩子的戶籍怎麼辦？孩子的事，相原一句話也沒有提及。小小的孩子哪有選擇戶籍的能力呢。」

房子也已蓋章的離婚申請書，依然放在信吾的公事包裏，每天往返於宅邸和公司之間。

信吾經常派人把錢送到相原的母親那裏。他本想也派這人把離婚申請書送到區政府，卻一天天地拖下來，沒有辦理。

「孩子已經到咱們家來了，有什麼法子呢？」修一撂下不管似的說。

「警察會到咱們家來嗎？」

「來幹什麼？」

「為了相原的承辦人什麼的。」

「不會來吧。為了不出現這種事，相原才把離婚申請書送來的吧。」

房子使勁地將隔扇打開，和著睡衣走了出來。

她沒有仔細讀過這篇報道，就稀裏嘩啦地將報紙撕碎，扔了出去。撕時用力過度，扔也扔不出去了。於是，她像倒下似的，將撒滿一地的碎報紙推到一旁。

「菊子，把那扇隔扇關上。」信吾說。

透過房子打開的隔扇，可以望見對面兩個孩子的睡姿。

房子顫抖著的手還在撕報紙。

修一和菊子都不言語。

「房子，妳不想去接相原嗎？」信吾說。

「不想去。」

房子一隻胳膊肘支在鋪席上，驀地轉過身子，抬眼盯著信吾。

「爸爸，您把自己的女兒看成什麼樣啦？不爭氣。人家迫使自己的女兒落到這步田地，難道您就不氣憤嗎？要接您去接，去丟人現眼好囉。到底是誰讓我嫁給這種男人的呢？」

菊子站起來，走進廚房裏。

信吾突然脫口說出了浮現在腦海裏的話。爾後他一聲不響地尋思：這種時候，倘使房子去接相原，使分離了的兩個人重新結合，兩人的一切重新開始，這在人世間也是有可能的啊。

## II

相原是活是死，此後報章就沒有報導。

從區政府接受離婚申請書這點看來，戶籍可能尚未註上死亡吧。

然而，相原就算死了，也不至於被當作身分不明的男屍而埋葬掉吧。應該是不會。因為相原還有個腿腳不靈便的母親，縱令這位母親沒有讀報，相原的親戚中總會有人發覺。信吾想像，相原大概沒救了。

光憑想像，就把相原的兩個孩子領來收養，這能了結嗎？修一簡單地表明了態度，可是信吾總是顧慮重重。

眼下，兩個外孫已成為信吾的負擔。修一似乎沒有想到她們早晚也會成為修一的包袱。

且不去說負責養育，房子和外孫們今後的幸福彷彿已經喪失了一半，這多少也是信吾的責任吧？

信吾拿出離婚申請書時，腦海裏便浮現相原姘婦的事來。

一個女人確實死了。這女人的生死又算得了什麼呢？

「變成精靈吧。」信吾自言自語，不禁為之一驚。

「但是，這是無聊的一生。」

倘使房子和相原的生活相安無事，那女人殉情的事也就不會發生。所以，信吾也不免有迂迴殺人之嫌。這樣一想，難道就不會引起弔唁那女人的慈悲心嗎？

信吾的腦海裏沒有浮現這女人的姿影，卻突然現出菊子胎兒的模樣。雖然不可能浮現早早就被打掉了的胎兒的樣子，但浮上可愛的胎兒類型來。

這孩子沒能生下，難道不正是信吾的迂迴殺人嗎？

連日倒楣的天氣，連老花眼鏡都滑落下來。信吾只覺右邊胸口鬱悶極了。

這種梅雨天一放晴，陽光遽然毒曬起來。

「去年夏天，盛開向日葵的人家，今年不知種的什麼花，好像西洋菊，開的是白花；彷彿事先商量好似的，四、五戶人家並排種植了同樣的花，真有意思。去年全是種向日葵吶。」信吾一邊穿褲子一邊說。

菊子拿著信吾的外套，站在他面前。

「向日葵去年全被狂風颳斷了，會不會是這個緣故呢？」

「也許是吧。菊子，妳最近是不是長高了？」

「嗯，長高了。自從嫁過來之後，個子就一點點地長，最近突然猛長。修一也嚇了一跳。」

「什麼時候?……」

菊子臉上頓時泛起一片紅潮,她繞到信吾身後,給他穿上外套。

「我總覺得妳長高了。恐怕不光是穿和服的緣故吧。嫁過來都好幾年了,個子還在長,真不錯呀。」

「發育晚,長得還不夠唄。」

「哪兒的話,不是很可愛嗎?」信吾這麼一說,心裏覺得她確是嬌嫩可愛。可能是被修一擁抱,她才發覺長高的吧?

信吾還想著失去了的那個胎兒的生命,彷彿還在菊子的體內伸展著。他邊想邊走出了家門。

里子蹲在路旁,張望著街坊女孩子在玩家家酒。

孩子們用鮑魚殼和八角金盤的綠葉作器皿,快速地把青草剁碎,盛在這些器皿上。信吾也為之佩服，停住了腳步。

她們也把西番蓮和延命菊的花瓣剁碎，作為配色放在器皿上。

她們鋪上席子，延命菊花影濃重地投落在席子上。

「對，就是延命菊。」信吾想起來了。

三、四戶人家並排種植了延命菊，替代去年種植的向日葵。

里子年紀幼小，孩子們沒有讓她加入。

信吾準備邁步離開。

里子追趕上來，喊了聲「外公」，便纏住他不放。

信吾牽著外孫的手，一直走到臨街的拐角處。里子跑回家的背影活像是阿夏。

在公司的辦公室裏，夏子伸出白皙的胳膊，正在揩拭窗玻璃。

信吾隨便問了一句：

「今早的報紙，妳看過了？」

「嗯。」夏子淡淡地應了一聲。

「說是報紙，就是想不起什麼報。是什麼報來著……」

「您是說報紙嗎？」

「是在什麼報上看到的，我忘了。哈佛大學和波士頓大學的社會學家，向上千名女秘書提出問卷調查，詢問最喜歡什麼？據說她們異口同聲地回答：當著其他人的面受到表揚。女孩子，不分東方和西方，大概都是那樣吧。妳怎麼看？」

「啊，多害臊呀。」

「害臊和高興多半是一致的。在男性追求的時候，不也是那樣嗎？」

夏子低下頭來，沒有作答。信吾心想：如今，這樣的女孩子少見啊。他說：

「谷崎就屬於這一類。最好能在人前受表揚。」

「剛才，約莫八點半的時候，谷崎來過。」夏子笨拙地說了一句。

「是嗎？後來呢？」

「她說午後再來。」

信吾產生一種不吉利的預感。

他沒出去吃午飯，在辦公室裏待著。

英子打開門扉，駐足立在那裏，屏住呼吸，望著信吾，幾乎要哭出來。

「喲，今天沒帶鮮花來嗎？」信吾掩飾內心的不安說。

英子像要責備信吾的不嚴肅似的，非常嚴肅地走了過來。

「哦，又要把人支開嗎？」

夏子出去午休了，房間裏就只剩下信吾一個人。

信吾聽說修一的情婦懷孕，不禁嚇了一跳。

「我對她說：可不能把孩子生下來呀。」英子顫抖著兩片薄唇。

「昨天，下班回家途中，我抓住了絹子這麼對她說。」

「唔。」

「可不是嗎？太過分了。」

信吾無法回答，沉下臉來。

英子這麼說，是把菊子的事聯繫在一起了。

修一的妻子菊子和情婦絹子都先後懷了孕。這種事在世間是可能發生的，信吾卻不曾想到會發生在自己的兒子身上。而且，菊子最後做了人工流產。

III

「請去看看修一在嗎？要是在，叫他來一下……」

「是。」

英子拿出一面小鏡子，遲疑般地說：

「掛著一副奇怪的臉，真難為情哩。再說，我來告密，絹子大概也知道了吧。」

「哦，是嗎。」

「為了這件事，哪怕辭掉眼下這家店鋪的工作也可以……」

「不！」

信吾用了辦公桌上的電話。有其他職員在，他不願在房間裏同修一照面。修一不在。

信吾邀英子到附近的西餐館。他們從公司裏走了出來。

個子矮小的英子靠近信吾，抬臉仰望著信吾的臉色，輕聲說：

「我在您辦公室任職的時候，您曾帶我去跳過一次舞，您記得嗎？」

「嗯。妳頭上還綁了一條白緞帶呢。」

「不，」英子搖搖頭。

「繫白緞帶是在那場暴風雨後的第二天。那天您第一次問到絹子的事，我好不為難，所以印象非常深刻。」

「是這樣嗎?」

信吾想起來了。的確,當時從英子那裏聽說:絹子的嘶啞嗓音很性感。

「是去年九月份吧?後來修一的事,也讓妳夠擔心的啦。」

信吾沒戴帽子就來了,烈日當空曬得也夠難受。

「什麼也沒幫上忙。」

「這是因為我沒能讓妳充分發揮才能;我這一家可真慚愧啊。」

「我很尊敬您。辭掉了公司的工作,反而更留戀了。」英子用奇妙的口氣說了一句,久久才吞吞吐吐地繼續說下去:

「我對絹子說,妳可不能把孩子生下來啊。她卻說,妳說什麼?別太狂妄了,妳不懂,妳這種人懂什麼?別多管閒事啦。最後又說:這是我肚子裏的事……」

「唔。」

「這種怪話是誰託妳來說的?如果要讓我跟修一分手,除非修一完全離開我，那就只好分手，但我還不是可以獨自將孩子生下來嗎？誰都不能把我怎麼樣。妳要是問孩子生下來是不是就不好，就去問問我肚子裏的胎兒好囉……絹子認為我不懂世故，嘲笑我。儘管這樣，她卻說：請妳別嘲笑人。絹子可能打算把孩子生下來哩。事後，我仔細想了想，她跟陣亡了的前夫沒有生過孩子嘛。」

「啊？」

信吾邊走邊點頭。

「我動肝火，才那樣說的。也許不會生下來吧。」

「多久了？」

「四個月了。我沒有察覺，可店裏的人都知道……傳聞老闆聽說這件事，也規勸她最好別生。絹子因為懷孕、被迫辭職太可惜了。」

英子一隻手撫摸半邊臉，說：

「我不懂得。只是來通報一聲，請您和修一商量吧……」

「唔。」

「您要見絹子，最好早點見。」

信吾也在考慮這件事，英子卻說了出來。

「哦，有一回那個女人到公司裏來，還跟絹子住在一起？」

「是說池田嗎。」

「對。她們哪個年歲大？」

「絹子可能比她小兩、三歲吧。」

膳後，英子跟著信吾一直走到公司門口，微微一笑，像是要哭的樣子。

「就此告辭了。」

「謝謝。妳這就回店裏去嗎？」

「嗯。最近絹子一般都提前回家，店裏六點半才下班。」

「她沒去店裏，這是沒料到的啊。」

英子似是催促信吾今天就去見絹子。信吾卻有點洩氣。

他即使回到鐮倉的家，也不忍看到菊子的臉吧。

修一有情婦期間，菊子連懷孕心裏也感到窩囊，出於這種潔癖，她不願生下孩子，可做夢也想不到這個情婦竟懷孕了。

信吾知道菊子做人工流產後，回娘家住了兩、三天，返回婆家後與修一的關係變得和睦了，修一每天早歸，似很關懷菊子。這究竟是怎麼回事呢？往好裏解釋，修一也許會被要生孩子的絹子所折磨，從而疏遠絹子，以此向菊子表示歉意吧。

然而信吾的腦海裏彷彿充斥著某種令人討厭、頹廢和悖德的腐臭。

這一切到底是怎麼產生的呢？信吾連胎兒的生命都覺得是一種妖魔。

「要是生下來，就是我的孫子囉。」信吾自語了一句。

# 蚊群

I

信吾在本鄉道的大學一側步行了好久。

在商店所在的一側下了車。要拐進絹子家的小胡同，必須從這一側進去。可是，他卻特意跨過電車道，走到了對面去。

要到兒子的情婦家，信吾感到有一種壓抑，有點躊躇不決了。她已經懷孕，初次見面，像「請妳不要生下這孩子」這類話，信吾能說得出口嗎？

「這豈不是殺人嗎？還說什麼不想弄髒這雙老人的手。」信吾自言自語。

「不過，解決問題都是很殘酷的。」

按理說，這件事應由兒子來解決，不該由父母出面。然而，信吾沒有跟修一說一聲，就想到絹子那兒去瞧瞧。這似乎是不依賴修一的一種證據。

信吾感到震驚，不知從什麼時候開始，自己和兒子之間竟產生了這種意想不到的隔閡。自己之所以到絹子那裏，與其說是替代修一去解決問題，莫如說是憐憫菊子、去為菊子打抱不平，不是嗎？

璀璨的夕照，只殘留在大學樹叢的樹梢上，給人行道投下了陰影。身穿白色襯衫和白色褲子的男女學生團坐在校園內的草坪上。確實是梅雨天間歇放晴的樣子。

信吾用手摸了摸臉頰。酒醒了。

距絹子下班還有一段時間，信吾便邀其他公司的友人去西餐廳用晚飯。與友人好長時間沒見面了，不由得就喝起酒來。登上二樓餐廳之前，他們先在樓下的酒館喝開了，信吾也陪著喝了點兒。後來又回到酒館，坐了下來。

「什麼，這就回去嗎？」友人呆住了。他以為好久不見，信吾會有什麼話要說，所以事前給築地的什麼地方掛過了電話。

信吾說要去會人，約莫需要一個小時。於是，他從酒館裏走出來。友人在名片上寫上自己在築地的地址和電話號碼，遞給了信吾。信吾沒有打算去。

信吾沿著大學的圍牆行走，尋找馬路對面小胡同的入口。雖然印象模糊了，但他並沒有走錯路。

一走進朝北的昏暗大門，只見粗糙的木屐箱上放著一盆盆盆栽的西方花朵，還掛著一把婦女用的陽傘。

一名繫著圍裙的女子從廚房裏走出來。

「哎喲！」她有點拘謹，脫下了圍裙。她穿著深藍的裙子，打赤腳。

「妳是池田小姐吧。記得什麼時候妳到過敝公司……」信吾說。

「到過。是英子帶去的，打攪您了。」

池田一隻手攥住揉成團的圍裙，跪坐下來施了一個禮。爾後望著信吾，似乎在探問：「有什麼事嗎？」眼圈邊有雀斑。大概沒有施粉的緣故，雀斑很是顯眼。鼻子小、鼻梁筆直、單眼皮，顯得有點孤單的樣子。膚色白皙，容貌端莊。

新罩衫可能也是絹子縫製的。

「其實嘛，我是想來見絹子小姐的。」

信吾懇求似的說。

「是嗎。她還沒有回來。不過，也快了。請進屋裏來吧。」

廚房裏飄來煮魚的香味。

信吾本想待絹子回家吃過晚飯後再來，可是池田卻竭力挽留，把他帶進了客廳。

八鋪席寬的房間裏，堆滿了時裝的樣本。還有許多像是外國的流行雜誌。雜誌旁邊立著兩具法國模特兒。裝飾性衣裳的色彩，與陳舊的牆壁很不協調。縫紉機上耷拉著正在縫紉的絲綢。這些豔麗的花綢，令鋪席顯得更不整潔了。

縫紉機左邊安置著一張小桌，上面放著小學教科書，還有小男孩的照片。

縫紉機和桌子之間，擺著一張鏡台。後面的壁櫥前立著一面大穿衣鏡，格外醒目。也許是供絹子自己比試縫製好的服裝用吧。也許是做家庭副業、供客人試樣用的。穿衣鏡旁還擺著一張大熨衣板。

池田從廚房裏端來了橙汁。她發現信吾正在看孩子的照片，便直率地說：

「是我的孩子。」

「是嗎。在上學嗎？」

「不。孩子不在我身邊，留在我丈夫家裏呢。這些書是……我不像絹子有固定工作。我是做類似家庭教師的工作，接了六、七戶人家。」

「原來如此。要是一個孩子的教科書，就太多了。」

「是的，有各年級的孩子……和戰前的小學大不相同囉。我也不勝任教書，但我跟孩子一起讀書，有時覺得如同跟自己的孩子在一起……」

信吾只顧點頭，對這個戰爭寡婦還能說些什麼呢。

就說絹子吧，她也在工作呢。

「您怎麼知道我們住這兒呢？」池田問：

「是修一說的吧？」

「不，以前我來過一次。我來了，卻沒有進屋。可能是去年秋天吧。」

「哦，去年秋天？」

池田抬頭望了望信吾，馬上又把眼簾耷拉下來，沉默了一會兒，像要把信吾推開似的說：「最近修一可沒到這兒來。」

信吾思忖著，是不是把今天的來意也告訴池田呢？

「聽說絹子懷孕了，對吧？」

池田驀地抽動了一下肩膀，把視線移到自己孩子的照片上。

「她是不是打算把孩子生下來呢？」

池田依然望著孩子的照片。

「這個問題，請您直接跟絹子談吧。」

「這倒也是。不過，這樣一來，母子都會不幸的。」
「不論有沒有懷孕，要論不幸，絹子可以說是不幸的。」
「不過，妳也規勸過她同修一分手吧。」
「是呀，我是這麼想……」池田說：
「絹子比我強，算不上是規勸。我和絹子性格完全不同，可倒合得來。自從在『未亡人之會』相識之後，我們就一起生活。我受到絹子的鼓勵。我們兩人都從婆家搬出來，也不回娘家。唉，可以說是自由之身啊。我們相約定要自由思考。丈夫的照片雖然帶來了，卻都放進箱子裏。孩子的照片倒是拿了出來……絹子一味閱讀美國雜誌，也借助字典翻閱法國刊物，她說因為全是有關裁縫的雜誌，文字解說不多，大體能讀下來。不久的將來，她可能要經營自己的店鋪吧。我們兩人談心時，她說倘使可以再婚，她想也無妨，可不知為什麼她總是跟修一糾纏在一起，我就不明白了。」

門剛打開，池田立即站起身走去。信吾聽見了她們的對話：

「妳回來了。尾形的父親來了。」

「找我的嗎？」一個嘶啞的聲音說。

## II

廚房裏傳來自來水的聲音，似是絹子到廚房裏喝水去了。

「池田，妳也陪我好嗎。」絹子回頭說了一句，便走進客廳。

絹子身穿華麗的西服裙，可能是個子大的緣故吧，信吾看不出她懷孕了。信吾無法相信從她那兩片薄薄的小唇縫內，會吐出嘶啞的聲音。

梳妝台放在客廳裏，她似乎是用隨身攜帶的粉盒略略化妝後才進來的。

信吾對她的第一印象並不太壞。她那張扁平的圓臉，看不出像池田所說的那樣意志堅強。手也胖乎乎的。

「我是尾形。」信吾說。

絹子沒有應聲。

池田也走過來，在小桌邊面對信吾落坐下來之後，馬上說道：

「客人待了好長時間了。」

絹子沉默不語。她那張明朗的臉龐，或許是沒有顯露出反感或困惑的緣故，毋寧說像要哭泣的樣子。信吾想起來了，修一在這家中喝得酩酊大醉，逼池田唱歌時，絹子就哭了。

絹子似是從悶熱的大街上急匆匆地趕回家來，滿臉通紅，可以看出她那豐滿的胸脯在起伏。

信吾無法說出帶刺的話兒來了。

「我來見妳，有點奇怪吧。不過，即使不來見妳……我要說的話，妳大概也想像得到吧。」

絹子還是沒有應聲。

「當然，我是說修一的事。」

「要是修一的事，沒什麼可說的。您是不是要讓我賠禮道歉呢？」絹子猛地頂撞了一句。

「不。是我應該向妳道歉。」

「我和修一已經分手了。再也不會給府上添麻煩啦。」

絹子說著，望了望池田。

「這樣可以了吧？」

信吾吞吞吐吐，終於說出一句：

「孩子還是留下來了嘛，不是嗎？」

絹子臉色倏地刷白，她使盡全身的力氣說：

「您說什麼呀？我聽不明白。」她聲音低沉，顯得更嘶啞了。

「太失禮了，請問妳是不是懷孕了？」

「這種事，非要我回答不可嗎？一個女人想要孩子，旁人怎麼能阻撓得了呢？男人哪能明白喲。」

絹子快嘴地把話說完，雙眼已經噙滿了淚水。

「妳說旁人，可我是修一的父親啊！妳的孩子理應有父親吧。」

「沒有。戰爭寡婦下定決心把私生子生下來。我別無所求，只請您讓我把孩子生下來。您很慈悲，請您發發善心吧。孩子在我腹中，是屬於我的。」

「也許是吧。不過，以後妳結婚還會生孩子的……何必非要現在生下這個不自然的孩子呢。」

「有什麼不自然的？」

「這個嘛……」

「再說，我今後不一定結婚，也不一定會有孩子，難道您是在說上帝似的預言？先前，我就沒有孩子嘛。」

「就以現今孩子父親的關係來說，孩子和妳都會很痛苦的。」

「戰死者的孩子有的是，他們都在折磨著母親啊！只要您想到戰爭期間去了南方，甚至還留下混血兒這種事就行啦。男人早就忘卻了的孩子，女人卻把孩子撫養長大。」

「我是說修一的孩子。」

「只要不用府上照顧，總可以吧。我發誓，絕對不會哭著央求您們的。再說我和修一已經分手了。」

「恐怕不能這麼說吧。有了孩子，難免要留下長長的尾巴，父與子的緣分有時是切也切不斷的啊！」

「不，不是修一的孩子。」

「妳大概也知道，修一的妻子不生孩子的事了吧。」

「當妻子的要生多少就能生多少嘛。假如不懷孕，她會後悔的。對於條件優越的太太來說，她是不會瞭解我心情的。」

「妳也不瞭解菊子的心情。」

信吾終於脫口說出菊子的名字來。

「是修一讓您來的嗎？」絹子詰問似的說：

「修一對我說：不許妳生孩子。他打我、踩我、踢我，要把我拽到醫生那兒去，還硬把我從二樓拖下來。他用這種暴力行為或耍弄花招來對待我，難道不是已經對自己的妻子盡到情義了嗎？」

信吾哭喪著臉。

「夠厲害的，對吧？」絹子回頭望了望池田說。池田點點頭，爾後對信吾說：

「絹子從現在起，就將剪裁西服剩下的布料積存起來，想是足夠給孩子做褲子用了。」

「我挨了一腳，擔心胎兒受影響，就去看醫生了。」絹子接著說，「我對修一說：這胎兒不是你的。不是你的孩子。就這樣，我們分手了。他也就不來了。」

「這麼說來，是別人的……？」

「是的。您這樣理解，很好。」

絹子抬起臉來。她剛才就開始流淚了，現在新的淚水又從臉頰上流淌下來。信吾束手無策。絹子似是很美。仔細端詳她的五官，長相並不美，可乍一看卻給人是個美人的印象。

然而，人不可貌相，絹子這樣一位女性，表面溫順，實際上對信吾卻一步也不相讓。

III

信吾垂頭喪氣，從絹子的家走了出來。

絹子接受了信吾給她的支票。

「倘使你同修一完全斷絕關係，還是接受的好。」池田爽快地說。

絹子也點了點頭。

「是嗎？這是斷絕關係後給的一筆錢？我成了有資格拿這筆錢的人囉。要寫收據嗎？」

信吾雇了一輛出租汽車。他無法判斷：絹子會同修一再度言歸於好、去做人工流產呢，還是就此斷絕關係？

絹子對修一的態度和對信吾的來訪都很反感，情緒十分激動。然而，這彷彿也表明一個女人渴望孩子的哀切願望有多麼的強烈。

讓修一再度接近她也是危險。可是，就這樣下去，她會把孩子生下來的。倘若如絹子所說，這是別人的孩子，那就好了。可是修一連這點也鬧不清。絹子賭氣這樣說，修一也就這樣輕易地信了。要是事後不引起糾紛，倒也天下太平，然而生下的孩子卻是鐵一般的事實。即使自己死後，自己不認識的孫子仍將會繼續活下去。

「這是怎麼回事。」信吾嘟噥了一句。

相原決心與姘婦雙雙殉情後，便倉促地提出了離婚的申請。由自己來收養女兒和兩個外孫。修一就算同那個女人分手，可孩子總會在一個地方生存吧。這兩樁事，難道不都是沒有徹底解決、敷衍一時嗎？

對任何人的幸福，自己都無能為力。

回想起自己和絹子那番笨拙的對話，就感到懊喪不已。

信吾本來打算從東京站直接回家，可是看過兜裏朋友的名片之後，他就驅車繞到築地的宅邸去了。

本想向朋友傾訴衷腸，但跟兩個藝妓一喝醉酒，話就不成體統了。

信吾想起，有一回宴罷歸途，在車上他曾讓一個年輕的藝妓坐在自己膝上。這女孩一來，友人就時不時地說些無聊話，諸如什麼不可輕視啦、很有眼力啦等等。信吾記不清她的容貌，卻還記得她的名字。對信吾來說，這已是很了不起的事了。話又說回來，她是個可憐又文雅的藝妓。

信吾和她進了小房間裏。信吾什麼也沒做。

不知不覺間，女子安詳地將臉貼在信吾的胸前。信吾正想著她是不是在賣弄風情？這時，她好像是已入夢了。

「睡著了嗎？」信吾望了望她，但她緊貼著自己，看不見她的臉。

信吾莞爾一笑。信吾對這個把臉緊貼在自己胸前、安靜地入睡的女子，感到一種溫馨的慰藉。她比菊子小四、五歲，大概還是個十幾歲的孩子吧。

也許這是娼婦的悲涼與淒愴。不過，一位年輕女子投在信吾懷裏入睡，信吾隱約感到一種溫暖，沉浸在幸福之中。

信吾尋思：所謂幸福，或許就是這樣一瞬間的、虛幻的東西吧。

信吾也朦朦朧朧地想過，人概在性生活方面也有貧與富，或幸與不幸的差異吧。他悄悄地溜了出來，決定乘末班電車回家去。

保子和菊子都未入睡，她們在飯廳裏相候。時已深夜一點多鐘了。

信吾避免直視菊子的臉。

「修一呢？」

「先睡了。」

「是嗎？房子也睡了？」

「嗯。」菊子一邊收拾信吾的西服一邊說：

「今天晚間天氣還好，現在又轉陰了吧。」

「是嗎？我沒注意。」

菊子一站起身，信吾的西服就掉落下來；她又重新撫平褲子的折痕。

她去過美容院了吧？信吾發現她的頭髮理短了。

信吾聽著保子的鼾聲，好不容易才入睡，旋即就做起夢來。

信吾變成一個年輕的陸軍軍官，身穿軍服、腰間佩帶日本刀，還攜帶著三把手槍。刀好像是祖傳的、讓修一出征時帶走的那支。

信吾走在夜間的山路上。隨身帶著一個樵夫。

「走夜路很危險的，難得走一趟。您從右側走安全些。」樵夫說。

信吾靠到右側，感到不安，打開了手電筒。手電筒的玻璃鏡片四周鑲滿了鑽石，閃閃發光，光柱比一般手電筒明亮得多。手電筒一亮，就發現眼前有個黑色的物體擋住去路。是兩、三株大杉樹幹摞在一起。可仔細一瞧，原來是蚊群。蚊群聚成大樹的形狀。信吾心想：怎麼辦呢？只好殺出重圍了。於是，信吾拔出日本刀砍殺蚊群，砍呀，大砍大殺起來。

信吾忽然回頭看了看後面，只見樵夫跌跌撞撞地逃走了。信吾的軍服處處都冒出火來。奇怪的是信吾竟然變成兩個人，另一個信吾凝視著身穿軍服、冒著火的信吾。火舌沿著袖口、衣服肩或衣服邊冒了出來，隨即又熄滅。它不是燃燒，而是星星點點的火花，還發出劈啪的爆裂聲。

信吾好不容易才回到自己家裏。好像是幼年時代住過的信州農村的家。他也能看到保子美麗的姊姊了。信吾十分疲勞，卻毫不覺得癢。

不久，逃跑了的樵夫也輾轉回到信吾家中。他一到家就昏倒了。

可以從樵夫身上抓到滿滿一大桶蚊子。

不知道為什麼竟能抓住蚊子，不過信吾的確清清楚楚地看到桶子裏裝滿了蚊子。這時信吾醒了。

「大概是蚊子鑽進蚊帳裏來啦！」信吾正想側身靜聽，頭腦一陣混茫，有點沉重。

下雨了。

# 蛇卵

## I

入秋之後，夏日的勞頓大概現出來了，在歸途的電車上，信吾有時打起盹來。下班時間，橫須賀線電車每隔十五分鐘一班，二等車廂並不太擁擠。

現今腦子仍是迷迷糊糊的，似夢若幻，浮現出洋槐樹來。洋槐樹上掛滿了花。信吾經過那裏的時候，不禁想到：連東京街道兩旁的洋槐樹也都開花了嗎？這條路是從九段下一直延伸至皇宮護城河畔。八月中旬，正是細雨紛飛的日子。街中唯一一棵洋槐樹樹下的柏油路上，撒滿了花。這是為什麼呢？信吾從車廂裏回頭望了望，留下了這樣的印象。是淺黃色的小花，稍帶綠色。即使沒有這唯一的一棵樹落花，光憑洋槐路樹開花，大概也會給信吾留下印象吧。因為當時正值去探一位患肝癌住院友人的歸途上。

說是友人，其實是大學的同期同學，平素甚少來往。

他顯得相當衰弱，病房裏僅有一名貼身護士。

信吾不知道這位友人的妻子是否還健在。

「你見到宮本了？即使沒見著，也請掛個電話，拜託他辦那樁事好嗎？」友人說。

「哪樁事？」

「就是過年開同學會時提出來的那樁事呀。」

信吾猜測到這是指氰酸鉀。如此看來，這個病人早已知道自己是患了癌症。

在信吾這夥年過花甲之人的聚會上，衰老的毛病和不治之症的恐怖每每成了他們的話題。從宮本的工廠使用氰化鉀談起，有人提出，倘使患了不治的癌症，就向宮本要這種毒藥。因為讓這種悲慘的疾病痛苦長期地折磨下去，實在是太淒涼了。再說，既然已經被宣判死期，就希望自己有選擇死期的自由。

「可是，那是酒興上的逢迎話嘛！」信吾不痛快地回答。

「才不用它吶。我不會用它。就像當時所說的，只是想擁有自由，僅此而已。一想到只要有了自由，隨時都可以行事，就能產生一股忍受今後痛苦的力量。對吧？可不是嗎？我剩下的只有最後這一點自由，或許是唯一的反抗了。但是，我保證不使用它。」

說話的時候，友人眼睛不時閃爍幾絲光芒。護士一言不發，在編織白毛線衣。

信吾沒有拜託宮本，事情就這樣擱置下來了。可一想到臨死的病人也許盼望著得到那玩意兒，就覺得厭煩。

從醫院返家的途中，剛想打盹的時候，那洋槐路樹又在腦海裏浮現。豈不說明病人的事仍在腦子裏盤旋嗎？

然而，信吾終究睡著了，驀地醒來時，電車已經停住了。

停在不是站臺的地方。

這邊的電車一停下來，奔馳在旁邊軌道上的電車聲響十分強烈，把他驚醒了。

信吾乘坐的這班電車，剛啟動就又停住，再啟動又停住了。

成群的孩子從羊腸小道朝電車這邊跑過來。

有的旅客將頭探出窗口，望了望前進的方向。

左側窗口可以看到工廠的鋼筋水泥牆。圍牆與鐵路之間有道積滿汙泥濁水的小溝，一股惡臭味也捲進電車裏來了。

右側窗口可以望見一條孩子們奔跑過來的小路。有隻狗將鼻子伸進路旁的青草叢中，久久不見動作。

小路與鐵道交接處，有兩、三間釘著舊木板的小屋。一個像是白癡的姑娘從那方洞般的窗口衝著電車招手。那手的動作無力而緩慢。

「十五分鐘前開出的電車在鶴見站出了事故，在這裏停車了。讓大家久等了。」列車員說。

信吾前面的外國人，將青年夥伴搖醒，用英語問道：「他說什麼啦？」

青年用雙手摟著外國人的那隻大胳膊，把臉頰靠在他肩膀上入睡了。眼睛雖然張開，依然是原來的姿勢，他撒嬌似的仰望著那個外國人，睡眼惺忪，雙眸微微充血，眼窩塌陷，頭髮染成了紅色。髮根卻露出黑髮，是茶色的髒髮。只有髮尖部分卻異常的紅。信吾心想，他大概是勾引外國人的男娼吧。

青年把外國人放在膝上的手掌翻了過來，再將自己的手疊在上面，柔和地相握起來，像是一個深深感到滿足的女人。

外國人穿著形似坎肩的襯衫，露出毛茸茸的胳膊，好像胳膊上貼著假捲髮似的。青年的個子並不矮小，但外國人是個彪形大漢，他就顯得像個小孩兒。外國人腆著肚子，脖子粗大，大概連扭過來也困難吧。他對那青年的糾纏，簡直無動於衷。是一副可怕的樣子。他氣色很好，相形之下，面帶土色的青年疲憊神色就更顯眼了。

外國人的年紀雖難以知曉，但從他光禿的大頭和脖頸的皺紋，以及赤裸胳膊上的老人斑來看，可能與自己的年齡相仿吧。一想到這兒，信吾就覺得這外國人宛如一頭巨大的怪獸，到外國來征服該國的青年。青年穿著一件暗紅色的襯衫，打開上釦，露出了胸口。

信吾總覺得這青年不久就要死去一樣。他把視線移開了。

臭水溝周圍叢生著一片綠油油的艾蒿。電車仍然停止不動。

II

信吾嫌掛蚊帳悶得慌，早就不掛了。

保子幾乎每晚都抱怨，不時地故意拍打蚊子。

「修一那邊還掛著蚊帳吶。」

「那妳就到修一那邊睡去，不是挺好嗎。」信吾望著沒有蚊帳遮擋的天花板。

「我不能去修一那邊。不過，打明晚起我可要到房子那邊去囉。」
「對了，還可以抱著一個孫子睡嘛。」
「里子都有妹妹了，怎麼還那樣纏黏著母親不放呢。里子不至於有些異常吧？她時常露出異樣的眼神。」
信吾沒有回答。
「父親不在才會那樣的吧。」
「也許讓她更親近你些就好囉？」
「我覺得國子比她好，」保子說：
「你也要讓她對你更熟些才好。」
「打那以後相原不知是死是活，也沒來言一聲。」
「已提出離婚申請書就行了吧。」
「是可以算了結了嗎？」

「是真的啊。不過，就算他好歹能活下來，也不知道他住在哪兒……唉！一想到婚姻失敗，就萬念俱灰。都生下兩個孩子了，一旦離了婚便形成這樣的局面嗎？如此看來，結婚也是很靠不住的啊！」

「縱令婚姻失敗，總該留點美好的餘情嘛。要說房子不好，確實也不好。相原時運不濟、嘗到哪些苦頭啦？房子恐怕也不太關心和體諒吧。」

「男人自暴自棄，有時簡直使女人束手無策，有時真讓女人無法接近哩。要是遭到遺棄還忍耐下去，那麼房子也就只好同孩子們一起自殺囉。男人就是在走投無路時，還有別的女人跟他一道殉死，或許他還不是不可救藥的人。」保子說。

「眼下修一似乎還好，可誰知道什麼時候又會怎麼樣呢？這次的事菊子似乎反應很大哩。」

「你是指孩子的事吧？」

信吾的話裏含有雙重意義。那就是菊子不願把孩子生下來，和絹子想把孩子生下來。保子不知道後者。

絹子反抗說，那不是修一的孩子。生不生，她都不會接受信吾的干涉。是不是修一的孩子，信吾雖然不得而知，但信吾總覺得她是故意這樣說的。

「也許我鑽進修一的蚊帳裏睡會更好些。也許他跟菊子兩人又不知在商量什麼可怕的事呢。真危險……」

「商量什麼可怕的事？」

仰躺著的保子朝信吾那邊翻過身去。她的手似乎想去握信吾的手。信吾沒有把手伸出來。她觸了一下信吾的枕邊，悄悄說秘密似的：

「菊子嘛，也許又懷孕了。」

「哦？」

信吾不禁大吃一驚。

「我覺得太快了。可是，房子說菊子可能是懷孕了。」

保子再也裝不出像坦白自己懷孕的神態來了。
「房子這樣說了嗎？」
「我覺得太快了。」保子又重複了一遍。
「我是說她善後處理太快了。」
「是菊子或修一告訴房子的？」
「不是。大概只是房子自己的觀測吧。」
保子使用「觀測」這個字眼，有點怪彆扭的。信吾認為這是中途折回娘家的房子對弟媳婦說三道四。
「你去叮囑她一下，這回可要多加保重。」
信吾心裡憋得慌。一聽說菊子懷孕，絹子懷孕的事也更強烈地逼將過來了。兩個女人同時懷著一個男人的孩子，或許不算什麼稀奇。然而事情發生在自己的兒子身上，就帶來一種離奇的恐怖感。難道這不是什麼事的報應或詛咒嗎？難道這不是地獄的圖景嗎？

按一般想法，這不過是極其自然而健康的生理現象。可是，信吾如今不可能有這種豁達的心胸。

再說，這是菊子第二次懷孕了。菊子前次墮胎時，絹子已經懷孕。絹子還沒有把孩子生下來，菊子又懷孕了。而菊子不曉得絹子懷孕。此刻絹子已經很顯眼，也有胎動了吧。

「這回我們也知道了，菊子也不能隨便行事了吧。」

「是啊。」信吾有氣無力地說。

「妳也要跟菊子好好談談。」

「是菊子生下來的孫子，你定會疼愛囉。」

信吾難以成眠。

難道沒有一種暴力能迫使絹子別把孩子生下來嗎？信吾有點焦躁，想著想著，腦海裏又浮現出凶惡的空想來。

儘管絹子說不是修一的孩子，倘使調查一下絹子的品行，或許還能發現什麼令人寬慰的秘密呢。

聽見了庭院裏的蟲鳴聲，已過了凌晨兩點。這鳴聲不是金鈴子，也不是金琵琶，淨是些不知名的蟲在叫。信吾感到自己彷彿被迫躺在黝黑而潮濕的泥土中。

近來夢很多，黎明時分又做了個長夢。

夢境記不清了。醒來時彷彿還看見夢境中的兩只白卵。那是沙灘，除了沙粒什麼也沒有。沙灘上並排著兩只卵，一只是駝鳥卵，相當大；一只是蛇卵，很小，卵殼上有些裂縫，可愛的幼蛇探出頭來，左顧右盼。信吾覺得這隻幼蛇著實可愛，就注視著牠。

信吾無疑是惦記著菊子和絹子的事，才做這樣的夢。他當然不曉得，哪個胎兒是駝鳥卵，哪個胎兒是蛇卵。

「咦，蛇究竟是胎生，還是卵生？」信吾自語了一句。

III

翌日是星期天，九點過後信吾還躺在被窩裏。雙腿無力。

清晨，信吾回想起來，覺得不論是鴕鳥卵還是從蛇卵裏探出頭來的小蛇，都令人害怕。

信吾懶洋洋地刷完牙後，走進了飯廳。

菊子在把舊報紙摞在一起用繩子捆上。大概是要拿去賣吧。

為了保子，得將晨報歸晨報、晚報歸晚報按日期順序分別整理。這是菊子的任務。

菊子起身去給信吾沏茶。

「爸爸，有兩篇關於兩千年前的蓮花報導吶。您看過了嗎？我把它單獨放出來了。」菊子邊說邊將兩天來的報紙放在矮腳餐桌上。

「哦，好像看過了。」

可是，信吾又一次把報紙拿起來。

先前報紙曾報導過：從彌生式的古代遺址裏發現了約莫兩千年的蓮子，蓮博士使它發芽開了花。信吾將這張報紙拿到菊子的房裏，讓她讀讀。這是在菊子剛做過人工流產、從醫院回到家中躺在被窩裏的時候。

後來又報導了兩次關於蓮花的消息。一次報導說：蓮博士將蓮根分植到母校東京大學的「三四郎」池[31]裏。另一次報導說：據美國方面的消息，東北大學某博士從滿洲的泥炭層中發現已變成化石的蓮子，送去了美國。華盛頓國立公園將

31「三四郎」池，是夏目漱石的《三四郎》中談到這個池子，因而得此名。

這蓮子變硬的外殼剝掉，用濡濕的脫脂棉將它包上，放入玻璃器皿中。去年，它就萌發出新芽來。

今年將它移植在池子裏，它長出兩個蓓蕾，綻開了淡紅色的花。公園管理處公布說，這是上千年乃至五萬年前的種子。

「先前讀到這則報導時，我也這樣想：倘使上千年乃至五萬年這一說法是真的話，那麼這計算的年代也太長了。」信吾笑了笑，再仔細閱讀了一遍。據報上說，日本博士從發現種子的滿洲地層的情況推斷，估計是幾萬年的種子，而美國則把種子外層剝掉，用碳素十四放射能作調查，推測約莫是一千年前的。

這是報社特派員從華盛頓發回來的通訊。

「可以處理掉嗎？」菊子說著，將信吾放在身旁的報紙撿了起來。她的意思大概是問：報導蓮花消息的這張報紙是否也可以賣掉。

信吾點了點頭。

「不論是上千年還是五萬年，都說明蓮子的生命很長。比起人的壽命來，植物種子的生命大概是永恆的啊！」信吾邊說邊瞧了瞧菊子。

「倘使我們在地下也能埋上個千年、兩千年，不死而只是憩息……」

菊子自言自語似的說。

「埋在地下……」

「不是墳墓。不是死而是憩息。人真的不能埋在地下憩息嗎？過了五萬年再起來，或許自己的困難、社會的難題都早已完全解決，世界變成樂園吶。」

房子在廚房裏給孩子吃東西，喊道：

「菊子，這是給爸爸準備的飯菜吧。過來瞧瞧好嗎？」

「嗯。」

菊子起身離開，爾後把信吾的早餐端了上來。

「大家都先吃了，只剩下爸爸一人。」

「是嗎，修一呢？」
「上釣魚池去了。」
「保子呢？」
「在庭院裏。」
「啊，今早不想吃雞蛋。」信吾說著將盛著生雞蛋的小碗遞給了菊子。原來他想起夢中的蛇卵，就不願吃蛋了。
房子烤好鰈魚乾端了上來，不聲不響地放在矮腳餐桌上，就走去了孩子那邊。
菊子接過盛了飯的飯碗，信吾開門見山地小聲問道：
「菊子，要生孩子啦？」
「沒有。」
菊子急忙回答過後，好像對這突如其來的提問感到震驚。
「沒有。沒有這回事。」菊子搖了搖頭。

「沒有嗎？」
「嗯。」
菊子疑惑地望著信吾，臉上緋紅了。
「這回可要多加保重啊。先前我曾和修一談過，我問他：你能保證以後還會有孩子嗎？修一說得很簡單：保證也可以嘛。我說，這種說法就是不畏天的證明。自己明天的生命，其實都保證不了，不是嗎？孩子無疑是修一和菊子的，不過也是我們的孫子啊！菊子肯定會生個好孩子的。」
「真對不起。」菊子說著，垂下頭來。
看不出菊子有什麼隱瞞。
為什麼房子會說菊子像是懷孕了呢？信吾不禁懷疑房子說三道四也太過分了吧。大概還不至於房子已經察覺了，而當事人菊子卻沒發現吧。
剛才那番話會不會被在廚房裏的房子聽見呢？他回頭望了望，房子帶著孩子出去了。

「修一以前好像沒去過釣魚什麼的吧？」

「嗯。也許是向朋友打聽什麼事去了吧。」菊子說道。信吾卻在想：修一終歸還是和絹子分手了嗎？

因為修一有時也在星期天到情婦那裏去。

「過一會兒，咱們上釣魚池去看看好嗎？」信吾邀請菊子。

「好。」

信吾走下庭院，保子正站在那裏仰望著櫻樹。

「妳怎麼啦？」

「沒什麼，櫻樹的葉子幾乎全掉落了。可能長蟲子哩。我剛覺得茅蜩在樹上鳴叫，不想樹上已經沒有葉子了。」

她說話的時候，枯黃的葉子不停地紛落下來。因為沒有風，樹葉沒有翻個兒就直落下來。

「聽說修一到釣魚池去了？我帶菊子去看看就回來。」

「到釣魚池去？」保子回過頭詢問了一句。

「剛才我問過菊子，她說沒那回事吶。大概是房子判斷錯了。」

「是嗎？你問她了？」保子心不在焉地說。

「這令人失望啊！」

「可房子為什麼會那樣胡思亂想呢？」

「為什麼？」

「這是我問你的嘛。」

兩人折回房間的時候，菊子已經穿上白毛絨衣和襪子，在飯廳裏相候了。

她略施胭脂，顯得很有生氣。

IV

電車車窗上突然映現出紅花，原來是石蒜。它在鐵路的土堤上開花，電車駛過的時候，花搖搖曳曳，顯得很近。

信吾凝望栽著成排櫻樹的戶家土堤上、成行石蒜花盛開的情景。花剛綻開，紅得格外鮮豔。

紅花令人聯想到秋野恬靜的清晨。

還看見芒草的新穗。

信吾脫下右腳上的鞋子，把右腳擱在左膝上，搓著腳掌。

「怎麼啦！」修一問道。

「腳發痠。近來有時爬車站的台階就覺著腿腳發痠。不知怎的，今年身體衰弱了。也感到生命力日漸衰退了。」

「菊子曾擔心地說：爸爸太勞累了。」

「是嗎，或許是因為我說過，真想鑽入地下憩息個五萬年的緣故吧。」

修一帶著詫異的神色望了望信吾。

「這句話是從談蓮子的故事引起的。報上刊登過遠古的蓮子也能發芽開花的消息嘛。」

「啊？」

修一點燃了一支香菸，說：

「爸爸問菊子是不是懷孕了，她覺得很難為情吶。」

「究竟怎麼樣呢？」

「還沒有吧。」

「那麼，絹子這個女人懷的孩子又怎麼樣啦？」

修一頓時回答不上。他用抵觸的口吻說：

「聽說爸爸上她家裏去，還給她斷絕關係的贍養費。根本沒必要這樣做嘛。」

「你什麼時候聽說的？」

「是間接聽到的。因為我和她已經分手了。」

「懷的孩子是不是你的？」

「絹子自己一口咬定說不是……。」

「不管對方怎麼說，難道這不是你的良心問題嗎？究竟是不是嘛！」信吾的話聲音有點顫抖。

「良心？我可不知道。」

「什麼？」

「就算我一個人痛苦，我對女人那種瘋狂般的決心，也是無能為力的啊。」

「她遠比你痛苦嘛。就說菊子吧，又何嘗不是這樣呢。」

「可是，一旦分手，至今絹子還是絹子，她會自由自在地活下去的。」

「這樣行嗎？難道你真的不想知道那是不是你的孩子嗎？還是你良心上早已明白了呢？」

修一沒有回答，一味眨巴眼睛。在男子漢來說，他那對雙眼皮顯得分外漂亮。

信吾在公司的辦公桌上放著一張帶黑框的明信片。這是一位患肝癌友人的訃告，他是因衰弱而死亡的。信吾覺得他辭世得過早了。

是不是有人給他下毒藥了？也許是他不止拜託信吾一個人。也許是用別的辦法自殺的吧？

另一封信是谷崎英子寄來的。英子來信告知，她已經從過去那家裁縫店轉到另一家去了。在英子走後不久，絹子也辭去了店裏的工作，遷到沼津。據說絹子還對英子說過：在東京很難待下去，所以準備自己在沼津開一家小鋪子。

英子雖然沒有寫到，但信吾可以想像：絹子也許打算躲到沼津，把孩子生下來。

難道真如修一所說，絹子跟修一或信吾沒有任何關係，而成為一個自由自在地活下去的人？

信吾透過窗口望著明亮的陽光，短暫地陷入茫然之中。

那個與絹子同居、叫池田的女子，孤身一人，不知怎麼樣了？

信吾很想去見見池田或英子，打聽一下絹子的情況。

下午，信吾前去憑弔友人的死。他才知道死者的妻子早在七年前就去世了。死者生前是同長子夫婦一起生活，家中有五個孫子。友人的長子、孫兒們似乎都不像這位死去的友人。

信吾懷疑這位友人是自殺的，當然他不應該問及這件事。靈柩前擺放著的花中，以美麗的菊花最多。

回到公司，剛翻閱夏子送來的文件，沒料到菊子就掛來了電話。信吾被一股不安感所侵擾，以為又發生了什麼事。

「菊子？妳在哪兒？在東京？」

「嗯。回娘家來了。」菊子開朗地笑了笑說：

「媽媽說有點事要商量，所以我就回來了，其實也沒什麼大事。媽媽只是覺著寂寞，想看看我罷了。」

「是嗎？」

信吾覺得彷彿有一股暖流滲進了他的心胸。大概是由於菊子在電話裏的聲音恍如少女的那樣悅耳吧。不過，又好像不僅僅因為這個的緣故。

「爸爸，您該下班回家了吧？」

「對。那邊大家都好嗎？」

「都很好。我想跟您一起回去，所以才給您打電話試試。」

「是嗎？菊子，妳可以多住幾天嘛，我會跟修一說。」

「不，我該回去了。」

「那麼，妳就順便到公司來好了。」

「順便去可以嗎？本想在車站上等候您的。」

「妳上這兒來好囉。我跟修一聯繫，咱們三人吃過飯再回去也可以嘛。」

「聽說現在不論上哪兒，都不容易找到空席位吶。」

「是嗎？」

「我現在立即就去，行嗎？我已經準備好出門了。」

信吾覺得連眼皮都溫乎乎的，窗外的市街驀地變得清晰明朗起來。

秋魚

I

十月的一天早晨，信吾剛要結領帶，不料手的動作突然不靈光了。

「嗯？嗯？……」

於是，他將雙手放下歇了歇，臉上露出困惑的神色。

「怎麼回事？」

他將結了一半的領帶解開，想再次結上，可怎麼也結不上了。

信吾拉住領帶的兩頭，舉到胸前，歪著腦袋凝望著。

「您怎麼啦？」

原先菊子站在信吾的後面準備幫他穿西服外衣的，這時她繞到他的前面來。

「領帶結不上了。怎麼個打法全忘了，真奇怪哩。」

信吾用笨拙的手勢，慢慢地將領帶繞在手指上，想把另一頭穿過去，沒弄好竟纏成一團。他那副樣子好像想說「奇怪呀」，然而他的眼睛卻抹上一層陰暗的恐怖與絕望神色，使菊子大吃一驚。

「爸爸！」菊子喊了一聲。

「該怎麼結來著。」

信吾盡力回想，可怎麼也回想不起來似的，呆呆地立在那兒。

菊子看不下去，就將信吾的西服外衣搭在一隻胳膊上，走近信吾前面。

「怎麼結好呢？」

菊子拿著領帶不知該怎麼結才好。她的手指，在信吾的老花眼裏變得朦朧了。

「該怎麼結我全給忘了。」

「每天爸爸都是自己結領帶的嘛！」

「說的是啊！」

在公司工作了四十年，天天都是熟練地把領帶結上的，可為什麼今早竟突然結不好呢?先前根本不用想該怎麼結,只要手一動作,就會習慣成自然地把領帶結好。

信吾突然有點害怕:難道這就是自我的失落或掉隊嗎?

「雖說我天天都看著您結領帶,可是……」菊子掛著一副認真的表情,不停地給信吾結領帶,時而繞過來,時而又拉直。

信吾聽任菊子的擺布。這時孩提時一寂寞就撒嬌的那份感情,便悄然地爬上了心頭。

菊子的頭髮飄漾著一股香氣。

她驀地止住了手,臉頰緋紅了。

「我不會結呀!」

「沒有給修一結過嗎?」

「沒有。」

「只有在他酩酊大醉回家時，才替他解領帶嗎？」
菊子稍稍離開信吾，胸部覺得憋悶，直勾勾地望著信吾那耷拉下來的領帶。
「媽媽也許會結哩。」菊子歇了歇，便揚聲呼喚：
「媽媽，媽媽。爸爸說他不會結領帶了……請您來一下好嗎？」
「又怎麼啦？」
保子帶著一副呆臉走了出來。
「自己結結不是很好嗎？」
「他說怎麼個結法全忘了。」
「一時間突然不會結了，真奇怪啊！」
「確是奇怪呀！」
菊子讓到一旁，保子站在信吾的面前。
「嘿，我也不太會結。也是忘了。」保子邊說，拿著領帶的手邊將信吾的下巴頦兒輕輕地往上抬了抬。信吾閉上雙眼。
保子想方設法把領帶結好。
信吾仰著頭，或許是壓迫了後腦勺的緣故，突然有點恍惚。這當兒滿眼閃爍著金色的飄雪。恍如夕照下大雪崩的飄雪。還可以聽見轟鳴聲呢。
莫非腦溢血了？信吾嚇得睜開了眼睛。
菊子屏住呼吸，注視著保子手的動作。
從前信吾在故鄉的山上曾看過雪崩，這會兒幻覺出那時的場景。
「這樣行了吧？」
保子結好領帶，又正了正領帶結。
信吾也用手去摸了摸，碰到保子的指頭。
「啊！」
信吾想起來了。大學畢業第一次穿西服的時候，是保子那位美貌的姊姊給結的領帶。

信吾似是有意避開保子和菊子的目光，把臉朝向側面西服櫃的鏡子。

「這次還可以吧。哎呀，我可能是老糊塗了，突然連領帶也不會結了，令人毛骨悚然啊！」

從保子會結領帶這點看來，新婚的時候，信吾可能曾讓保子替他結過領帶吧？可現在怎麼也想不起來了。

姊姊辭世後，保子前去幫忙，是不是那時候也曾給她那位英俊的姊夫結過領帶呢？

菊子趿著木涼鞋，不無擔心地送信吾到了大門口。

「今晚呢？」

「沒有開會，會早回來的。」

「請早點回來。」

在大船附近，透過電車的車窗可以望見晴朗秋空下的富士山。信吾檢查了一下領帶，發現左右相反了。大概是因為保子面對著信吾結領帶，左邊取得太長，以致左右弄錯了。

「什麼呀！」

信吾解開領帶，毫不費勁地重新結好了。

方才忘記結法的事就像是謊言似的。

II

近來，修一和信吾常常結伴回家。

每隔三十分鐘一班的橫須賀線電車，傍晚時分就每隔十五分鐘開出一班，有時車廂反而空蕩蕩的。

在東京車站裏，一個年輕女子獨自一人在信吾和修一並排而坐的前方席位上坐下了。

「麻煩您看一下。」她對修一說了一句，將紅手提皮包放在座位上，就站了起來。

「是兩個人的座位？」

「嗯。」

年輕女子的回答十分曖昧。濃施白粉的面上沒有一點愧色，轉身就到月臺去了。她身穿帶墊肩的瘦長藍大衣，線條從肩流瀉而下，一副柔媚而灑脫的姿影。

修一一下就詢問她是不是兩個人的座位，信吾深感佩服。他覺得修一很機靈。修一怎麼會知道女子是有約會、在等人呢？

經修一說過之後，信吾才恍然，那女子一定是去看伴侶了。

儘管如此，女子是坐在靠窗邊的信吾前面，她為什麼反而向修一搭話呢？也許她站起來的一瞬間是朝向修一，或是修一容易讓女子接近。

信吾望了望修一的側面。

修一正在讀晚報。

不一會兒，年輕女子走進電車，抓住敞開車門的入口扶手，再次掃視了一遍月臺。好像還是沒看見約會的人。女子回到座位上來，她的淺色大衣，線條從肩頭向下襬緩緩流動，胸前是一個大鈕子。領口開得很低，女子一隻手插在衣兜裏，搖搖擺擺地走著。大衣的式樣有點古怪，卻很合身。

與剛才離去前不同，看來或許是靠近通道的座位上容易瞧見入口處的緣故吧。

信吾前邊的座位上擺放著那女子的手提包。是橢圓筒型的，銅卡口很寬。鑽石耳環大概是仿製的，卻閃閃發光。女子緊張的臉上鑲嵌著的大鼻子，格外顯眼。小嘴美得極致。稍微向上挑的濃眉很短。雙眼皮很漂亮，可是線條沒有走到眼角處就消失了。下巴頦兒線條分明。是一種類型的美人。

她的眼神略帶倦意。看不出她有多大年紀。

入口處傳來一陣喧囂，年輕女子和信吾都往那邊瞧了瞧，只見扛著好大楓枝的五、六名大漢登上車來。看樣子是旅行歸來，好不歡鬧。

信吾心想：從葉子的鮮紅度來看，無疑是北國的楓枝。

因為大漢們的大聲議論，才知道是越後[32]內地的楓葉。

「信州[33]的楓葉大概也長得很美了。」信吾對修一說。

然而，信吾想起來的倒不是故鄉山上的楓葉，而是保子姊姊辭世時、供在佛龕裏的大盆盆栽紅葉。

那時候，修一當然還沒有出世。

電車車廂裏染上了季節的色彩，信吾目不轉睛地凝望著出現在座位上的紅葉。

---

32 古國名，現在的新潟縣一帶。

33 古信濃國的別稱，現在的長野縣一帶。

突然醒悟過來，這時他發現年輕女子的父親早已坐在自己前面了。

原來女子是在等候她的父親。信吾才不由地放下心來。

父親跟女兒一樣也長著一個大鼻子，兩個大鼻子並排在一起，不免覺得滑稽可笑。他們的髮際長得一模一樣。父親戴著一副黑框眼鏡。

這對父女似乎彼此漠不關心，相互間既不說話，也不相望。電車行駛到品川之前，父親就睡著了。女兒也閉上了眼睛。令人感到他們連眼睛也很酷似。

修一的長相並不太像信吾。

信吾一方面暗自期待著這父女倆彼此哪怕說上一句話，一方面卻又羨慕他們兩人猶如陌生人一般漠不關心。

他們的家庭也許是和睦的。

只有年輕女子一人在橫濱站下車。這時，信吾不覺吃了一驚。原來他們豈止不是父女，還是素不相識的陌生人。

信吾感到失望，沒精打采了。

貼鄰的男人瞇縫著眼睛瞧了瞧車子是不是已經駛出橫濱，爾後又接著邋裏邋遢地打起盹來。

年輕女子一走，信吾突然發現這個中年男子真是邋邋遢遢的。

## III

信吾用胳膊肘悄悄碰了碰修一，小聲說：

「他們不是父女啊。」

修一並沒有表現出信吾所期待的那種反應。

「你看見了吧？沒看見？」

修一只「嗯」的應了一聲，點了點頭。

「不可思議呀！」

修一似乎不覺得有什麼不可思議。

「真相似呀！」

「是啊。」

雖說男人已經入睡，又有電車疾馳的聲音，但也不該高聲議論眼前的人吧。

信吾覺得這樣瞧著人家也不好，就把視線垂下來。一股寂寞的情緒侵擾而來。

信吾本來是覺得對方寂寞，可這種寂寞情緒很快就沉澱在自己的心底裏。

這是保土谷站和戶塚站之間的長距離區間。秋天的天空已是暮色蒼茫。

看樣子男人比信吾小，五十五、六歲光景。在橫濱下車的女子，年齡大概跟菊子相仿。不過眼睛之美，與菊子完全不同。

但是信吾心想：那個女子為什麼不是這個男人的女兒呢？

信吾愈發覺得難以想像了。

人世間竟有這樣酷似的人，以致令人覺得他們只能是父女關係。不過，這種情況並不多。對那個女郎來說，恐怕只有這個男人與她這麼酷似；對這個男人來說，恐怕也只有這個女子與他這麼酷似。彼此都只限於一個人，或者說人世間像他們兩人這樣的例子僅有一對。兩人毫不相干地生活，做夢也不會想到對方的存在。

這兩人突然同乘一輛電車。初次邂逅之後，大概也不可能再次相遇了吧。在漫長的人生道路上，僅僅相遇了三十分鐘，而且也沒有交談就分手了。儘管貼鄰而坐，然而彼此也沒有相互瞧瞧，大概兩人也沒發現彼此是如此相似吧。奇蹟般的人，不知道自己的奇蹟就離去了。

被這種不可想像的事所衝擊的，倒是第三者的信吾。

信吾尋思：自己偶然坐在這兩人面前，觀察了這般奇蹟，難道自己也參與了奇蹟嗎？

究竟是什麼人創造了這對如此酷似父女的男女、讓他們在一生中僅僅邂逅三十分鐘，並且讓信吾看到了這場景呢？

而且，只是這年輕女子等待的人沒來，就讓她同看上去只能是她父親的男人並肩而坐。

這就是人生嗎？信吾不由地自言自語。

電車在戶塚停住。剛才入睡的男子急忙站了起來，他放在行李架上的帽子已經掉落在信吾腳邊。信吾撿起帽子遞給他。

「啊，謝謝。」

男子連帽子上的塵土也沒撣掉，戴上就走了。

「真有這種怪事啊，原來是陌生人！」信吾揚聲說了一句。

「雖然相似，但裝扮不同啊。」

「裝扮？……」

「女兒精力充沛，剛才那老頭卻無精打采呀。」
「女兒穿戴入時，爸爸衣衫襤褸，世上也是常有的事，不是嗎？」
「儘管如此，衣服的質地不同呀！」
「嗯。」信吾點了點頭。
「女子在橫濱下車了。只剩男子一人的時候，驀地變得落魄了，其實我也有看出來……」
「是嘛。從一開始他就是那副模樣。」
「不過，看見他突然變得落魄，還是感到不可思議。讓我聯想到了自己。可他比我年輕得多……」
「的確，老人帶著年輕貌美的女子，看起來頗引人矚目。爸爸您覺得怎麼樣？」修一說漏了嘴。
「那是因為像你這樣的年輕小夥子看著也羨慕的緣故嘛。」信吾也搪塞過去。

「我才不羨慕呢。一對年輕漂亮的男女在一起，令人覺得他怪可憐的。美人還是託付給老人好喲。」

信吾覺得剛才那兩人的情形是難以想像的，這種感覺沒有消去。

「不過，那兩個人也許真是父女吶。現在我忽然想到，說不定是他與什麼別的女人生下的孩子呢。他們相見，卻沒有通報姓名，父女彼此不相識……」

修一不理睬了。

信吾說罷，心裏想：這下可糟囉！

信吾覺得修一可能以為自己的話裏帶刺吧。於是又說：

「就說你吧，二十年後，說不定也會遇到這種情況喲。」

「爸爸想說的就是這個？我可不是那種感傷的命運論者。敵人的炮彈從我耳邊呼嘯擦過，一次也沒打中我。也許在中國或在南洋留下了私生子，同私生子相見卻不相識而別。比起從耳邊擦過的炮彈來，這等事又算得上什麼。它沒有危及生命。再說，絹子未必就生女孩子。既然絹子說過那不是我的孩子，我也只如是想：是嗎。僅此罷了。」

「戰爭年代跟和平時期不一樣。」

「也許如今新的戰爭陰影已經在追逼著我們，也許在我們心中，上次戰爭的陰影就像幽靈似的追逼著我們。」修一厭惡地說：

「那女孩子有點與眾不同，爸爸才悄悄地感到她有魅力，才會沒完沒了地產生各種奇妙的念頭。一個女人總要跟別的女人有所不同，才能吸引男人嘛。」

「就因為女子有點與眾不同，你才讓女子養兒育女，這樣做行嗎？」

「不是我所希望的嘛。要說希望的，毋寧說是女方。」

信吾不言語了。

「在橫濱下車的那個女子，她是自由的嘛。」

「什麼叫自由？」

「她不結婚，有人邀請就來。表面顯得高雅，實際上她過的不是正經的生活，才顯得這樣不安穩，這樣勞頓的嘛。」

對修一的觀察，信吾不禁有點生畏了。

「你這個人也真煩人啊，什麼時候竟墮落到這種地步。」

「就說菊子吧，她是自由的，是真的自由的嘛。不是士兵，也不是囚犯。」

修一以挑戰似的口吻抖出來。

「說自己的妻子是自由的，意味著什麼呢？難道你對菊子也說這種話嗎？」

「由爸爸去對菊子說吧。」

信吾極力忍耐著說：

「就是說，你要對我說，讓你和菊子離婚嗎？」

「不是。」修一也壓低了嗓門兒。

「我只是提到在橫濱下車的那個女子是自由的……那個女子和菊子的年齡相

仿，所以爸爸才覺得那兩個人很像是父女，不是嗎？」
「什麼？」
信吾遭此突然襲擊，呆然若失了。
「不是。如果他們不是父女，那不簡直是相似得出奇了嗎？」
「不過，也不像爸爸所說的那樣感人嘛。」
「不，我深受感動啊！」信吾回答說。可是修一說出菊子已在信吾的心裏，信吾的嗓子噎住了。
扛著楓枝的乘客在大船下了車，信吾目送著樹枝從月臺遠去之後說：
「回信州去賞紅葉好不好？保子和菊子也一起去。」
「是啊。不過，我對紅葉什麼的不感興趣。」
「真想看看故鄉的山啊！保子在夢中都夢見自己的家園荒蕪了。」
「荒蕪了。」

「如果不趁現在還能修整、動手修修，恐怕就全荒蕪了。」

「房架還堅固，不至於散架，可一旦要修整……修整後又打算做什麼用呢？」

「啊，或許作我們的養老地方，或許有朝一日你們會離散去的。」

「這回我留下看家吧。菊子沒見過爸爸的老家是什麼樣子，還是讓她去看看吧。」

「近來菊子怎麼樣？」

「打從我結束了與那女人的關係以後，菊子也有點厭倦了吧。」

信吾苦笑了。

## IV

星期日下午，修一好像又去釣魚池釣魚了。

信吾把晾曬在廊道上的坐墊排成一行，枕著胳膊躺在上面，沐浴在秋日的陽光下，暖融融的。

阿照也躺在廊道前放鞋的石板上。

在飯廳裏，保子將近十天的報紙摞在膝上，一張張地讀著。

一看到自以為有趣的消息，保子便念給信吾聽。因為習以為常，信吾愛理不理地說：

「星期天保子不要再看報了好不好。」說罷，信吾懶洋洋地翻了個身。

菊子正在客廳的壁龕前插地瓜。

「菊子，那地瓜是長在後山上的吧。」

「嗯。因為很美，所以……」

「山上還有吧。」

「有。山上還剩下五、六個。」

菊子手中的藤蔓上掛著三個瓜。

每天早晨洗臉的時候，信吾都從芒草的上方看到後山上著了色的地瓜。一放在客廳裏，地瓜紅得更加鮮豔奪目。

信吾望著地瓜的時候，菊子的身影也躍入他的眼簾。

她那從下巴頦兒到脖頸的線條優美得無法形容。信吾心想：一代是無法產生出這種線條來的，大概是經過好幾代的血統才能產生的美吧。信吾不由地感傷起來。

可能是由於髮型的關係，脖頸格外顯眼。菊子多少有點消瘦了。

菊子的細脖頸線條很美，信吾也很清楚。不過，在恰當的距離、從躺著的角度望去，就愈加豔美了。

或許也是秋天光線柔和的緣故吧。

從下巴頦兒到脖頸的線條，還飄逸著菊子那少女般的風采。

然而，這線條柔和而緩緩脹起以後，那少女的風采就逐漸消失了。

「還有一條，就一條……」保子招呼信吾：

「這條很有趣嘿。」

「是嗎？」

「是美國方面報導的，說：紐約州一個叫水牛的地方，水牛……有個男人因車禍，掉了一隻左耳朵，去找醫生了。醫生旋即飛跑到肇事現場，找那只血淋淋的耳朵，撿回來後，立即把它在傷口處再植上。聽說，至今再植情況良好。」

「據說手指被切斷，即時也能再植，而且能再植得很好。」

「是嗎。」

保子看了一會兒其他消息，彷彿又想起來似的說：

「夫婦也是這樣的啊，分居不久又重聚，有時也相處很好吧。分居時間太長，可就……」

「妳說的什麼啊？」信吾似問非問地說。

「就說房子的情況吧，不就是這樣嗎？」

「相原失蹤了，生死不明。」信吾輕聲地答道。

「他的行蹤只需一調查就能知道，不過……眼下可不知怎麼樣。」

「這是老丈母娘戀戀不捨啊！他們的離婚申請書不是早就提出來了嗎？請不要指望了吧。」

「所謂不要指望，這是我年輕時起就心滿意足了。可是房子就那樣帶著兩個孩子在身邊，我總覺得不知該怎麼辦才好。」

信吾沉默不語了。

「房子長相又不好看。即使有機會再婚，她扔下兩個孩子再嫁，不管怎麼說，菊子也太可憐了。」

「倘使這樣，菊子他們當然就要遷出、另立門戶囉。孩子由外婆來撫養。」

「我嘛，雖說不是不肯賣力氣，不過你以為我六十幾歲？」
「那就只好盡人情、聽天由命了。房子上哪兒去了？」
「去看大佛了。有時孩子也真奇怪。有一回里子去看大佛，歸途險些給汽車壓了。可是，她喜歡大佛，總想去看看吶。」
「不會是愛上大佛了吧？」
「好像是愛上大佛了。」
「哦？」
「房子不回老家去嗎？她可以去繼承家產嘛。」
「老家的家產不需要什麼人去繼承。」信吾斬釘截鐵地說。
保子沉默下來，繼續讀報。
「爸爸！」這回是菊子呼喊道。
「聽媽媽說關於耳朵的故事以後，才想起有一回爸爸說：『世上能不能把頭從軀體上卸下來、存放在醫院，讓院方清洗或修繕呢？』對吧？」
「對，對。那是觀賞附近的向日葵之後說的。近來彷彿愈發有這種必要了。忘記了怎樣結領帶，或許不久連把報紙顛倒過來讀也若無其事啦！」
「我也經常想起這件事，還想過把腦袋存放在睡眠醫院裏啊！可能是年紀的緣故吧，我經常做夢。我曾在什麼地方讀過一首詩，詩曰：心中有痛苦，日有所思、夜有所夢——現實的延續的夢。我的夢，並非現實的延續。」
菊子瞧了瞧自己插好的地瓜。
信吾一邊望著地瓜的花；一邊唐突地說：
「菊子，搬出去住吧！」
菊子大吃一驚，回轉身站了起來，然後走到信吾身邊坐下。
「搬出去住怪害怕的。修一挺可怕的。」菊子小聲說，不讓保子聽見。
「菊子打算和修一分手嗎？」

菊子認真地說：

「假如真的分手了，我也希望爸爸能讓我照顧您，不論如何。」

「這就是菊子的不幸。」

「不，我心甘情願，沒有什麼不幸的。」

信吾有點吃驚：這是菊子第一次表現出來的熱情。他感到危險了。

「菊子對我好，是不是錯把我當作修一了呢？這樣一來，對修一反而會產生隔閡啊。」

「對他這個人，我有些地方難以理解。有時候突然覺得他很可怕，真沒辦法啊。」菊子以明朗的表情望了望信吾，傾訴似的說。

「是啊，應徵入伍以後，他就變了。我也把握不住他的真心為何啊，故意地……不過，不是指剛才的事，而是說就像被切斷的、鮮血淋漓的耳朵那樣，隨便再植上去，也許還能長得很好。」

菊子一聲不響。

「修一對菊子說過菊子是自由的嗎？」

「沒有。」菊子抬起詫異的眼睛。

「所謂自由？……」

「唔，我也反問了修一一句：說自己的妻子自由，是什麼意思？……仔細想想，或許也含有這層意思：菊子從我這裏獲得更多的自由，我也應該讓菊子更自由。」

「所謂我，是指爸爸嗎？」

「對。修一說過，要我對菊子說：菊子是自由的。」

這時，天上傳來了聲響。真的，信吾以為是聽見了天上傳來的聲音。抬頭望去，原來是五、六隻鴿子從庭院上空低低地斜飛過去。

菊子也聽見了。她走到廊道的一頭。

「我自由嗎？」她目送鴿子，噙著淚水，喃喃自語。
趴在放鞋石板上的阿照，也追著鴿子的振翅聲，跑到庭院對面去了。

V

那個星期天吃晚飯的時候，全家七口齊聚一堂。
現在離婚回到娘家來的房子和兩個孩子，當然也算是這個家的成員了。
「魚鋪裏只有三尾香魚。這個給小里子。」菊子一邊說，一邊將一尾放在信吾面前，一尾放在修一面前，然後再將另一尾放在里子面前。
「小孩子吃什麼香魚嘛！」房子把手伸過去。
「給外婆吃。」
「不！」里子按住碟子。

保子和藹地說：

「好大的香魚呀。這大概是今年的末造香魚了吧。不必給我了，我吃外公的。菊子吃修一的……」

這麼一說，這裏自然分成三組，也許應該有三個家。

里子先用筷子夾著鹽烤香魚。

「好吃嗎？吃相真難看啊。」房子顰蹙眉頭，用筷子夾起香魚子，送到小女兒國子嘴裏。里子也沒有表示不滿。

「把魚子……」保子嘟噥了一句，用自己的筷子掐了一小段信吾的香魚子。

「從前在老家接受保子姊姊的規勸，我也曾試作過俳句，有這樣一類季語[34]，諸如秋季的香魚、順流而下的香魚、赤褐斑香魚等等。」信吾說到這裏，突然望了望保子的臉，接著又說道：「這就是說香魚產卵後太疲憊了，容貌也衰頹得不成樣子，搖搖擺擺地游到海裏去。」

「就像我這樣啊。」房子馬上說：

「不過我從一開始就沒有香魚那樣的容貌。」

信吾佯裝沒有聽見。

「從前也有這樣的俳句，諸如：爾今委身於海水，啊！秋季的香魚；或香魚深知死將至，湍湍急流送入海。這彷彿是我的寫照。」

「說的是我呀。」保子說。

「產卵後順流而下，入了大海就死了，是嗎？」

「的確，入海就死了。偶爾也有一些香魚潛在河邊度過年關的，這種香魚就叫作棲宿香魚。」

「我大概棲宿不了吶。」房子說。

---

34 季語，日本每首俳句要有表示季節的語言叫季語。

「不過，回娘家來以後，房子也長胖了，氣色也好多了。」保子說著望了望房子。

「我不喜歡發胖。」

「因為回娘家就像潛在河邊棲宿嘛。」修一說。

「我不會潛得太久的。不願意啊。我會入海的。」房子用高亢的聲音說。

「里子，只剩下骨頭了，別再吃啦。」房子責備地說。

保子露出一副驚奇的神色說：

「爸爸關於香魚的這番話，把難得的香魚味都沖沒了。」

房子原先低著頭，嘴裏不停地嘮叨，後來卻鄭重其事地說：

「爸爸，您能助我一臂之力、開一家小鋪子吧？哪怕是化妝品店、文具店……就是在近郊偏僻的地方也可以。我想弄個售貨攤或小吃攤。」

修一驚訝地說：

「姊姊能經營接待客人的飯館生意嗎？」

「當然能囉。客人要喝的是酒，又不是女人的臉蛋，你以為自己有個漂亮的太太就可以隨便說話嗎？」

「我可不是那個意思。」

「姊姊準能經營的。女人都能做接待客人的飯館生意。」菊子冷不防地脫口而出，「如果姊姊開飯館，我也要去幫忙哩。」

「哦，這可是件了不起的大事啊。」

修一顯得有點驚愕。晚餐桌上頓時鴉雀無聲。

菊子一個人臉紅到了耳根。

「怎麼樣，下個星期天，大家回老家去賞紅葉好不好。」信吾說。

「看紅葉嗎？我很想去呀！」

保子的眼睛變得明亮起來。

「菊子也去吧。妳還沒見過我們的家鄉呢。」

「嗯。」

房子和修一依然憋著一肚子火。

「誰看家呢？」房子問。

「我看家。」修一回答。

「我來看家。」房子拂逆人意地說，

「不過，去信州之前，爸爸必須答覆我剛才的請求。」

「那就做一個結論吧。」信吾邊說邊想起絹子身懷胎兒、在沼津開了一家小裁縫店的事來。

吃罷晚飯，修一最先站起來離開。

信吾也一邊揉著痠疼的脖頸一邊站起身來，無意中望了望客廳，開亮了電燈，揚聲喊道：

「菊子！地瓜都耷拉下來了。太重啦！」
而洗滌陶瓷碗碟的聲音太響，菊子似乎沒有聽見。

川端康成文集 5

山之音
YAMA NO OTO

作者　川端康成
譯者　葉渭渠
社長　陳蕙慧
主編　張立雯
電腦排版　極翔企業有限公司

集團社長　郭重興

發行人　曾大福

出版　木馬文化事業股份有限公司
發行　遠足文化事業股份有限公司
地址　231新北市新店區民權路108之4號8樓
電話　02-2218-1417　傳真　02-2218-0727
email: service@bookrep.com.tw
郵撥帳號　19588272 木馬文化事業股份有限公司
客服專線　0800221029
法律顧問　華洋國際專利商標事務所 蘇文生 律師
印刷　成陽印刷股份有限公司
二版1刷　2016年2月
二版7刷　2023年4月
定價　新台幣390元

ISBN 978-986-359-210-5


國家圖書館出版品預行編目(CIP)資料

山之音 / 川端康成著；葉渭渠譯. -- 二版. -- 新北市：木馬文化出版：遠足文化發行, 2016.02
面；　公分. --（川端康成文集；5）
ISBN 978-986-359-210-5（平裝）

861.57　　105000241